新潮文庫

氷雨心中

乃南アサ著

目次

氷《ひ》雨《さめ》心中

本作品の執筆に当たり次の方々にお世話になりました。
ここに記して心よりお礼申し上げます。
川名和則、佐藤澄、佐藤盛夫、山田考敏（株式会社日本香堂）／
富田篤（株式会社富田染工芸）／小山光三（小山酒造株式会社）／
池田啓子（池田エンタープライズ株式会社）／原文閑／恩田舜史
（大嶋屋恩田）

敬称略・順不同

乃南アサ

青い手

1

門をくぐると夏の名残の風が柔らかく吹き抜けた。その途端、母に手を引かれていた拓也《たくや》は、かつて嗅《か》いだことのない匂《にお》いを感じた。

「何か、変な匂いがするよ」

見上げると、このところずっと顔色の優れない母は、弱々しい笑みを浮かべて「この匂い、初めて？」と言った。拓也は改めて鼻をくんくんさせ、そう言われてみれば、どこかで嗅いだことがあるかも知れないと思った。だが、どこで、どういう場面で嗅いだ匂いだったか、はっきりと分からない。

「これがね、お母さんのお家《うち》の匂いなのよ」

母は、小さく溜息《ためいき》をつきながら言った。拓也は、「家の匂い」という言葉に半分だけ納得出来た気分になって、小さく頷《うなず》いた。どんな家にもそれぞれの匂いがある。たとえば亨《とおる》くんの家には、いつも木の匂いがたちこめていたし、岩下くんの家にも、よそでは嗅いだことのない独特の匂いがあった。友だちの家に遊びに行く度に、拓也は自分の家とは異なる匂いに接していた。

「いい？　今日から、拓也はこの匂いに包まれて暮らすことになるの」

母は、わずかに膝《ひざ》を折り、腰を屈《かが》めて正面から拓也の顔を覗《のぞ》き込みながら、一言一句をゆっくりと発音した。拓也は、そんな母を見つめ返しながら、果たして自分はこんな匂いを好きになれるものだろうかと考えた。別段、不快な匂いだとは思わない。だが、何となく古くさくて、そう、どこかのお寺みたいな匂いだと思ったのだ。

「僕たち、ここに住むんだよね？」

念を押すように言うと、母は拓也の心を推し量ろうとでもするように、半ば怯《おび》えた眼差《まなざ》しで微《かす》かに頷く。その目は、確かに拓也に哀願していた。この匂いを嫌わないで、好きになって。他に行くところなんかないのよ。

「——僕、嫌いじゃ、ないよ。この匂い」

拓也は母が好きだった。いつも何かの不安を抱え、小さなことにも心を揺らす母を、自分だけは心配させたくないと、いつの頃からか強く感じるようにもなっていた。その母は、これまで一度だって拓也に親戚《しんせき》がいることを話してくれたことはなかった。それなのに、急に拓也をここに連れてきたということは、何かの意味があるということとだ。そのくらいのことは、拓也にだって感じられた。

「ほら、お母さん、言ってたことがあるでしょう？　匂いは慣れるって」

拓也は努めて明るく、さっぱりと聞こえるように、そう言った。母は、そんなことは思い当たらないという表情で軽く小首を傾《かし》げる。だが、拓也には、はっきりと記憶があった。それは、野沢のおじさんが母に香水をプレゼントしたときのことだ。母が嬉《うれ》しそうにつけた香水を、拓也は「くさい」と言った。そのときに、母は少しばかり不満そうな顔で、「慣れるわよ」と言ったのだ。匂いとは、そういうものだと。だが今、拓也は、そこまでの説明は出来なかった。何よりも野沢のおじさんの名前を出すまいと思っていた。出してはならない。おじさんは結局、母からも拓也からも離れていったのだ。

「それに、慣れなくても、最初から嫌いじゃないよ、僕」

もう一度、改めて言うと、母はようやく安心した表情になり、「いい子ね」と拓也の頭を軽く撫《な》でた。

「本当は、お母さんにはとても懐《なつ》かしい匂いなのよ」

野沢のおじさんが来なくなって少しした頃から、母は「引っ越そうか」と言うようになった。母はおじさんが来なくなった理由を何も言わなかったけれど、拓也には分かっていた。なぜなら、おじさんは一度、拓也のことを他の名前で呼んでしまったことがあるからだ。見知らぬ子の名前を呼んで、おじさんははっとした顔になった。そのとき、拓也は直感した。野沢のおじさんは、拓也のものではない。誰か他の子のものなのだと。やがて、おじさんは来なくなった。あの後、母は一度だけ「約束したのに」と呟《つぶや》いて、拓也に背中を向けて泣いていたことがある。

ぽつぽつと飛んでいる敷石を踏み、門からずいぶん離れた大きな玄関の前に立つと、母は一つ深呼吸をした。それから、そっと木の引き戸に手をかける。ちりちり、と軽やかな鈴の音が響いた。足を踏み入れると、匂いはいっそう強くなった。

「ただいま」と、母は小さな声で言った。やがて、見えない霧のように立ちこめる匂いの中から、ぱたぱたと二人の人が現れた。拓也が生まれて初めて会う母以外の肉親、祖父母だった。拓也は、長身で痩《や》せている、妙に腕の長い祖父と、小柄でころころと太っている祖母とを黙って見上げていた。母から説明はされていたけれど、どうも実感として湧《わ》いてくるものがないのだ。

「大きくなったのねえ、ずっとずっと、会いたかったのよ」

よく見れば、やはりどことなく母と似ている祖母は、わずかに目を潤《うる》ませ、そっと拓也の頬に手を伸ばしてきた。その手を見た途端、拓也は全身が強《こわ》ばるのを感じた。

手の先が、真っ青に染まっているのだ。反射的に身を引きそうになると、祖母は驚いた顔になり、それから自分の手を見て「ああ」と笑った。

「ごめんね、こんな手だったら、びっくりするわね」

祖母は、青く染まった自分の両手をこすりあわせ、くすくすと照れ臭そうに笑う。その笑顔は、手の色とは裏腹に、まるで屈託のない明るいものだった。拓也は、この人は嫌いではないなと思った。

「さあさあ、いつまでそこに立ってるんだ。早く上がりなさい」

今度は祖父が言った。長い腕を伸ばして、母が提げていたボストンバッグを受け取りながら、やはり嬉しそうに笑っている。

「拓也も、ほら。靴を脱いで、上がりなさい」

祖父は、つい昨日も会ったばかりのような気楽な口調で言い、深い皺《しわ》に囲まれた目で拓也を見た。

——この人が、おじいちゃん。

ほんの数日前まで、自分には母以外の身寄りはいないと思い込んでいた拓也は、そのとき初めて、胸の奥が熱くなるのを覚えた。この人は野沢のおじさんとは違う、初めて会った拓也を既に全面的に受け入れている。なぜなら、拓也だけのおじいちゃんだからだ。

「どうしたい、ほら」

「――うん」

その人は、初めて会うとも思えないくらい奇妙な懐かしさを感じさせた。さっきまで気になっていた匂いすら、祖父には似合っているように感じられた。

「ああ、久しぶり。何も変わってないのね」

「そりゃあ、あんた。そうそう、変われるものでもないわ。この家はね、ずっとこのままよ」

「そうねえ――結局、私はこの家の人間なのね」

「そりゃあ、そうさ」

「私にもやっと、そのことが分かったわ」

初めて通される家の茶の間に落ち着くと、かしこまっている拓也の隣で、母は案外晴れやかな表情でそう言った。そして、随所に拓也の知らない人の名前を出して、雑談を始めた。母はときどき「そう」「へえっ」などと驚きの声を上げ、たまに声を出して笑った。母がこんなによく喋《しゃべ》るところを、拓也は初めて見たと思った。ガラス戸を開け放った縁側の向こうからは、時折気持ちの良い風が入ってきた。この家を取り巻いているのとは違う、甘い花の香りが漂った。

最初の頃こそ、おとなしく母の隣に座っていた拓也は、やがて退屈してそわそわとし始めた。縁側の前には広々とした庭がある。その庭の向こうに、物置とも思えない大きな建物が建っていた。生まれたときからアパート暮らしだった拓也にとって、それはあまりにも大きな空間に見えた。

「どれ、庭に出てみるか」

ふいに祖父が立ち上がった。拓也は、ちらりと母の顔を盗み見た。よその家に行ったときには、勝手に動き回ってはいけない、行儀良くしていなければいけないと、いつでも口を酸っぱくして言われていたのだ。

「いいのよ。ここは、拓也のお家になるんだから。おじいちゃんに、いろいろと見せていただきなさい」

ところが、母は穏やかな口調でそう言っただけだった。だから、拓也は嬉しくなって、先に縁側に出ていた祖父の後を追った。

「拓也のサンダルも、用意してやらなきゃな」

縁側に腰を下ろすと、足元に大きな石があることに気づいた。そこに、大人用のサンダルが並んでいる。茶色いサンダルと青いサンダルは、一目見て祖父母のものであることが分かった。

「僕ね、スニーカー持ってるよ」

慌《あわ》てて立ち上がると茶の間の母の荷物に飛びつき、いつも履いていたスニーカーを出してもらって、拓也はまた祖父の元に走った。その間、祖父は縁側で腰を捻《ひね》って拓也を見ていてくれた。祖母も絶えずにこにこと拓也を見守ってくれている。母でさえ、かつて見たこともないくらいに穏やかな、のんびりとした表情になっていた。たくさんの大人が、皆で笑いながら自分を見ていてくれる。拓也だけの母、拓也だけの祖父母に間違いなかった。拓也はすっかりはしゃぎたい気分になって、初めて祖父に笑いかけた。

「空気が、美味《おい》しいねえ。東京とは大違いだ」

大人たちは声を揃《そろ》えて笑った。拓也は、それだけで幸せになった。

「拓也は、この家のことを何か聞いているかい」

庭に出ると、祖父はゆっくりと歩きながら口を開いた。拓也は、アパートの傍の児童公園くらいに広く感じられる庭を見回しながら「ううん」と首を振った。

「でも、お母さんが生まれた家なんでしょう？」

祖父はにこにこと笑って何度も頷く。大人の世界には秘密の匂いが満ちている。不安に陥りそうになっていた拓也は、その笑顔を見てようやく安心することが出来た。

「じゃあ、おじいちゃんたちが、どんな仕事をしているのかも、拓也は何も知らないのかな」

「あの――働いてるの？」

拓也は不思議になって祖父を見上げた。大体、この祖父が一体何歳くらいなのか、拓也にはそんなことも想像がつかなかったのだ。祖父は乾いた声で愉快そうに笑うと、「まだまだ働くさ」と答えた。

「ええと――サラリーマン？」

「いいや。おじいちゃんは、家で仕事をしている」

「この家で？　ええと――」

「それを、見せてやろう」

本当は「おじいちゃん」と呼んでみたかった。だが、何だか恥ずかしくて、どうも上手に発音出来ない気がする。だから、祖父が自分で「おじいちゃん」と言うのを、拓也はくすぐったい気分で聞いていた。自分も早く「おじいちゃん」と呼べるようになりたい。そう遠い将来のことではないことは確かだった。

――大丈夫だ。淋《さび》しくないや。

つい昨日、転校の挨拶《あいさつ》をした学校のことを思い出す。クラスの皆の前で、「吉屋くんは引っ越しをします」と先生に言われたときには、悲しさと心細さに涙が出そうだったけれど、こっちの方が断然楽しそうな予感がする。第一、これからは母と二人きりではないのだ。ずっとこの家で、祖父母と暮らせることの方が、亨くんや岩下くんたちと別れた淋しさよりも、ずっと大きなことだった。だから、拓也はうきうきとしながら祖父の後に従った。

——皆で暮らせる。

この環境を二度と手放したくない。拓也は心の底から思った。

「そうだ。拓也は耳掃除はよくするかい」

ふいに祖父がこちらを見て言った。拓也は、急に何を言い出すのだろうと思いながらも「うん」と頷《うなず》いた。

「お母さんが、よくしてくれる」

祖父は一瞬大きく目を見開いて「そうかい」と言った。

「僕の耳はね、ポロポロの粉みたいな垢《あか》がたまるって」

拓也の言葉に、祖父はゆっくり頷いた。

東京の小学校で運動会を終えたばかりの、拓也が七歳の秋のことだった。

2

角を曲がりかけたところで、盛人《もりひと》と出くわした。拓也は咄嗟《とっさ》に視線を外し、急いで身体《たい》をかわそうとした。

「やっぱな」

だがそのとき、盛人が立ちはだかる格好で言ったから、タイミングを逃してしまった。仕方なく視線を戻して彼を見上げると、もう中学生みたいに大きい盛人は、口の端でにやりと笑いながら拓也を見下ろしている。

「おまえが来ると、思ってたんだ」

「——————」

「角の手前でさ。あ、拓也が来るって、分かったんだよ」

また始まった。拓也は内心でうんざりしながら、さて、どうやって無事にこの場を切り抜けようかと考え始めていた。何せ、頭の回転は鈍いくせに、図体《ずうたい》ばかりでかくて、それを武器に案外ねちねちとしつこい奴《やつ》なのだ。それに、下手に怒らせると、すぐに人を蹴《け》る癖がある。

「匂《にお》うんだよな」

「――急ぐんだ」

「ぷんぷんするぜ。陰気くせえ、死人の匂いがさ」

「これは、そういう匂いじゃないよ」

つい言い返してしまうと、盛人は大人みたいにわずかに目を細めて「へえ」と口元を歪《ゆが》める。

「だってよ、葬式の匂いじゃねえかよ」

「だからって、死人の匂いなんかじゃないよ。確かに、お寺で使うことは多いけど、うちは別に、葬式用の線香ばっかり作ってるわけじゃないんだから」

拓也は、腹の底からイライラとした塊が迫《せ》り上がってきそうなのを懸命にこらえながら、出来るだけ落ち着いた口調で言った。腕力ではかなうはずがない。

「急ぐから」

そのまま盛人の横をすり抜けようとすると、「へへっ」という嫌らしい笑い声が追いかけてくる。

「明日また、青い手で来るんだろう」

振り返るな、相手の誘いに乗るな。

「おまえの家は、みぃんな手が青いんだもんなあ。ひょっとするとよ、おまえの親父《おやじ》なんか、全身真っ青だったんじゃねえのか?」

頭がかっと熱くなった。父親のことなど、言われたくない。

「俺ん家《ち》の母さんが言ってたぞ。この町で、おまえの親父の顔を知ってる奴はだぁれもいないんだって。どこから来て、どこに行ったのかも、だぁれも、だってよ」

「——他人《ひと》の家のことなんか、放っといてくれよ」

盛人はなおもにやにやと笑っている。拓也は、出来る限り鋭い一瞥《いちべつ》をくれると、さっさと角を曲がった。盛人のことだから、まだしつこく追いかけてきて何か言うかと思ったのだが、今日はそんなことはなかった。まったく、この町に暮らしていて、唯《ゆい》一《いつ》の不満があるとすれば、それは、あの盛人だった。小学二年のときに引っ越してきて以来、後は何の不都合もなく暮らしてきたが、そのときから同級生になった盛人だけは、何かにつけ拓也につっかかり、言いがかりをつけてくる。

——何が、全身真っ青だ。

考えているうちに、涙がこみ上げてきそうになる。だが、考えようによっては、それは少しばかり笑える話かも知れなかった。そう思うことにした。

「遅かったね」

帰宅すると、家族は皆仕事場にいた。拓也が顔を出したときには、祖母が板上げをしている最中だった。

「また、からまれたよ。盛人に」

よく乾燥させた線香を、決まった本数ごとに束にして、軽く糊《のり》をつけた紙で巻く作業は、祖母の受け持ちだった。ちょっとした力にもすぐに折れてしまう線香を、寸分のゆるみもなく、きちっとまとめる作業は、男の力では強すぎるのか、どうもうまくいかなくて、女の人の手の方がうまくいく。祖母は、いかにも慣れた、筮竹《ぜいちく》を揃えるような手つきで線香をまとめながら「またかね」と笑った。

「しつこい子だねえ、その盛人っていう子も、ねえ」

拓也は祖母の傍にしゃがみ込み、とんとんと、リズミカルに線香をまとめていく祖母の青い手を眺めながら「バカのくせに」と呟《つぶや》いた。

「あいつにはね、うちの香の匂いなんか、分からないんだよな。脳味噌《みそ》まで筋肉で出来てるみたいなヤツなんだから」

祖母は、ははは、と笑いながら、「そりゃあ、いいや」と頷いている。祖母の言いたいことは分かっている。もう少しの辛抱だ。あと五年もすれば、状況は必ず変わるに違いない。母も祖父母も、ことあるごとに拓也にそう言っている。だから、拓也はその日を楽しみにしていた。

「今日は、これから新しい玉を練るから、拓也もおじいちゃんを手伝ってくれないかしらね」

祖母に言われて、拓也は身軽に「いいよ」と立ち上がった。頭の片隅にちらりと、「明日また、青い手で来るんだろう」という、さっきの盛人の言葉が蘇《よみがえ》る。だが、そんなことは別段構わなかった。クラスの中には、盛人の他にも拓也の手が青く染まっているのを嫌がったり、からかう子も確かにいないわけではない。だが、去年の校外学習でこの家を見学させて以来、拓也の手が青くなっているときは、家の手伝いをしている証拠だと、先生も言ってくれたし、大半の子たちは半ば尊敬のこもった眼差《まなざ》しを向けてくるようになった。だから、拓也はたまに自分の手も染まってしまっているとき、恥ずかしいどころか誇らしい気持ちにさえなった。

祖父の仕事場には、一面に粉が舞い飛んでいた。その中で、祖父は大きな攪拌《かくはん》機に原料を量って入れているところだった。

「おじいちゃん」

拓也が声をかけると、眉間《みけん》に皺《しわ》を寄せて難しい顔で椨《たぶ》の粉を量っていた祖父は、急に笑顔になる。そして、ごく当たり前のように「そこの、それ、とってくれ」と言った。拓也は身軽に動いて祖父の手伝いを始めた。二、三年前までは触れてはならないと言われていたもの、持ち上げようとしても持ち上がらなかったものが、少しずつ自由に触れるようになってきた。それが、拓也にとって自分が成長していると感じられる一つのバロメーターになっている。

「今度は、どこのを作るの」

「ああ、京都のね、お寺さんの」

「あ、前に作ったやつ？　去年も作ったよね。京都の何とかいう、大きいお寺でしょう？」

祖父は目尻《めじり》にいっぱい皺を寄せて嬉《うれ》しそうに頷いた。祖父はいつでも拓也の記憶力を褒めてくれる。

「あそこのお寺さんとうちとはな、おじいちゃんの、そのまたおじいちゃんの代からのつき合いだ」

祖父は満足そうに話し始めた。だが、手は休めない。椨の粉に続いて、丁字《ちょうじ》、白檀《びゃくだん》、沈香《じんこう》、甘松《かんしょう》などの香料の粉を量り、さらに他の香料やカビ止めの防腐剤を加えて、十分に攪拌する。その上で着色料を加え、水を加えて練り玉を作るのだ。それが、線香のもとだった。

「今度のは、ちいとばかし水を増やさないとダメだな」

攪拌機の中の原料を、時折手に取りながら、祖父は淡々とした口調で呟く。そのときの、少しばかり秘密めいた仕草や表情が、拓也は大好きだった。だから、拓也も祖父の真似《まね》をして、時折練っている最中の原料を触ってみた。手は染まってしまうが、次第に粘土のような粘りが生まれてくる練り玉をいじるのが、拓也は好きだった。

初めてこの家を訪れたときから、拓也はもう母の実家の職業が好きになっていた。最初こそ慣れない香りに戸惑いはしたけれど、線香が出来上がっていく工程というのは、実に単純なようで何となく不思議な、面白いものがあった。

出来上がった練り玉は、機械で棒状に押し出され、まるで色つきの素麵《そうめん》みたいににょろにょろと盆板の上に並べられる。その「にょろにょろ」を、さらに竹製のへらを使って干し板に移し替え、長さを切り揃える。この段階で、隙間《すきま》なく真《ま》っ直《す》ぐに並べられないと、線香は台無しになる。今は母が受け持っているその作業も、見た目は簡単そうなのだが、拓也にはまだとても出来ないくらいに微妙なコツが必要だった。並べられた線香は長さを切り揃えてから、今度は乾燥させる。

「どうして、うちのお線香はそんなに人気があるの」

「分からないか？」

祖父は、目元だけで微笑《ほほえ》み、じっと拓也の目を覗《のぞ》き込んでくる。だから、拓也はにやりと笑って首を振った。本当は知っている。祖父の作る線香には、何か特別な秘密がある。祖父が、その祖父の、もっと前の代から受け継いできた秘伝というものがあるのだ。だからこそ、祖父の線香は貴重品と言われ、高く取引される。祖父の線香を買い求める客は、全国の有名な寺院や偉いお茶の師匠、香道の専門家に限られていた。作った傍から待ちかねていた問屋が引き取っていく祖父の線香は、一部では大変な貴重品とまで言われているらしい。それ程までに、気高く、気品に溢《あふ》れ、そして人々の脳裏に深く残る、それが祖父の作る香なのだった。

「僕、また盛人に喧嘩《けんか》を売られたんだ」

拓也は、目をきょろりとさせながら祖父の顔を見上げた。祖父は攪拌機を覗き込みながら「ふうん」と答える。

「本当に、嫌なヤツだよ。うちの香のことだって、まるで分かってないくせに、僕の手が青いって笑うんだから」

「喧嘩するほど仲がいいっていう言葉もあるぞ」

祖父は、ちらりとこちらを見た。拓也は、盛人に限って絶対にそんなことはないと断言した。祖父は再び「ふうん」と言い、手の甲で顎《あご》をこすった。髭《ひげ》が伸びかかっているらしくて、微《かす》かにしゃりしゃりという音が聞こえた。拓也は、少しの間、祖父と並んで攪拌機を覗き込んでいたが、思い切って口を開いた。

「お母さんは――僕の父親だった人と喧嘩したのかな」

祖父は、今度は拓也の方を見ずに、真っ直ぐ前を向いたままで、深々と大きく溜息《ためいき》をついた。

「そんな暇はなかったろうよ」

祖父の横顔が、一瞬だけ歪《ゆが》んで見えた。もしかすると、あまり思い出したくないことなのかも知れなかった。だが拓也は、本当のことを知りたかった。

「お母さんは、お腹《なか》に僕がいるって分かったとき、僕を恨んだかな」

「まさか。お母さんは、この家よりも、おまえを選んだんじゃないか。そうして、普通の母親になろうとしたんだ」

祖父の言葉に、拓也は満足して頷いた。それに、拓也の父親だった人は、決して無駄な人生を歩んだわけではない。そのことだけは、拓也にもよく分かっている。この家に越してきて四年の間に、拓也は実に様々なことを学んできた。七歳の頃には知らなかった自分の父親についても、今はよく承知していた。そして、あの頃、野沢のおじさんと別れることになってしまった母が、ついにこの家に戻る決心をした理由についても、拓也なりに理解することが出来ていた。結局、母はこの家からは離れられないと悟ったのだ。

それから拓也は、祖父と色々な話をしながら練り玉を作った。粉っぽくて、綺麗《きれい》な仕事場とはいえなかったけれど、祖父の説明によれば、香に使う材料は漢方薬に使うものと同じだから、いくら吸い込んでも毒にはならないという話だった。

「お父さん、問屋さんが見えたわ」

ようやく一つの玉が練り上がった頃、戸口から母が顔を出した。祖父は「はいよ」と言って円筒形にまとめた練り玉をビニールの袋に入れ、ゆっくりと母屋《おもや》に戻っていった。

「問屋さん、何しにきたのかな」

拓也は、今度は母について歩き始めた。

「また、あの練り香の催促よ。どうしても、あのお香をっていうお客様が後を絶たないんですって」

「でも、うちにだってもうほとんど残ってないんだよねえ?」

十代で拓也を産んだ母は、他の子の母親よりも年齢的にはずいぶん若かった。その母が、多少疲れた表情で柔らかく微笑む姿は、いつでもどこか哀《かな》しそうに見える。

「少しずつ作らないと、材料がなくなるから。だから、まだ当分は、ね」

普段、母がいる仕事場は、からりとした広い空間だった。胴切りを終えた線香は、風通しの良い場所で自然乾燥させる。大きな工場ならば、乾燥室があるのだろうと祖父は言っていたが、家族だけで営んでいる、工場ともいえないほどの拓也の家では、昔ながらの作り方を守っている。

「盛人くんに、また嫌がらせされたって?」

祖母から聞いたのだろう、母は静かな表情のままで、既に乾燥の済んでいる線香を、干し板ごとにまとめて積み上げているところだった。

「あいつ、毎年いやなヤツになるよ」

拓也は、今度は母の仕事を手伝いながら、口を尖《とが》らせて文句を言った。母は困った顔で「そう」と小さく溜息をついた。

「でも、あまり考えすぎないことよ。こういうことは、なるようにしか、ならないんだから」

「だけど、僕は決めたんだもん。あいつ、大嫌いだし」

「それは分かるけどね、思い詰めないこと。今は、もっと気楽にしていて、いいんだからね」

母は眉間に微かな皺を寄せ、いかにも心配そうな顔になった。拓也はそんな母を見つめ、自分も溜息をついた。

「僕、男は好きにならないからね。大丈夫だよ」

拓也が真顔で答えると、母は一瞬驚いた顔になり、それから諦《あきら》めたような笑みを浮かべて「そうしてね」と言った。

――そうだよ。皆で幸せになるんだから。

いつの間にか目尻にほんの少し小皺も寄るようになってきた母は、本当ならば、もっと外へ出かけたいのかも知れない。それなのに、ひっそりと家にいる母が、拓也には時折不憫《ふびん》に思えた。だが、母はまだ当分、少なくとも今、祖父が年に一度だけ作っている練り香の材料が尽きるまでは、この生活を崩さないだろう。

「お母さん、色んなところに出かけられるようになるよ。きっと、そのうち」

拓也の言葉に、母はまた淋《さび》しげに笑った。もっと、心から晴れ晴れと笑えるようにしてあげたいと、拓也は心から思った。

3

「――不思議な匂《にお》い」

ほのかに立ち昇ってきた香りを目をつぶって吸い込み、加藤和美《かずみ》は囁《ささや》くような声で言った。拓也は、自分もゆっくりと肺を膨らませ、その香りを味わった。

「何ていうのかしら、気持ちの隅々まで静かになるのに、心のどこかがときめくような、そんな匂いね」

彼女は目を閉じたまま、白い喉《のど》を見せて心持ち顎を上げている。セーラー服に包まれた胸が微かに上下に動き、和美が香りに身を任せているのが分かる。拓也は、思わず胸が高鳴るのを感じながら、そんな和美を黙って見守っていた。

「これが、拓也くんのお家《うち》で作ってる、最高級のお香なのね」

やがて、和美はうっとりと目を開いた。拓也は小さく頷《うなず》きながら、何とかして胸の高鳴りを抑えようとしていた。

「何だか、不思議な気分になるわ」

彼女はさらに夢見心地のような表情で呟く。本当は、興奮を鎮《しず》めて集中力が高まる、そんな作用のあるお香を焚《た》いてやると約束したのだった。だが、その前に一度だけ試してみたくて、拓也は家でいちばん大切にしている『薫霊香《くんれいこう》』と名づけられた練り香を、一粒だけ持ち出してきた。高校入試が近づいて、一緒に勉強をすることになった冬のことだった。

「でも、この雰囲気って、何となく拓也くんのイメージと合ってる」

和美は黒目がちの瞳《ひとみ》を、どこか悪戯《いたずら》っぽく輝かせている。

「――そうかな」

「いつも、拓也くんから匂う香りとは違うけど、でも、合ってるなと思うわ」

拓也は、少しばかりくすぐったい気持ちになって曖昧《あいまい》に笑いながら、内心では、さすがに女だと感心していた。この香りに、これほどまでに敏感に反応することにも驚かされたし、いつも学校で男子に負けずに騒いでいる彼女とは別人のような潤《うるお》いを感じさせることにも驚いた。

「どうやって作るの、これ」

香炉代わりに持ってきた湯飲み茶碗《ぢゃわん》を覗き込みながら、和美はまだうっとりとした顔をしている。

「練り香って、普通のお線香とは違うんでしょう?」

「柔らかいからね」

「どうして固まらないの」

今日は、拓也の方が勉強を教わることになっていた。何しろ、和美は学年一の秀才だった。そんな彼女が瞳を輝かせて拓也に何かを質問してくるのが嬉《うれ》しくて、拓也は急に自分が一人前の男になったような気分になった。

「普通の線香は水で練るけど、これは蜂蜜《はちみつ》と梅肉で練ってるんだ」

「蜂蜜と梅肉？　じゃあ、食べられる？」

たまたま家が近いのと、母親同士が幼なじみだということで、拓也は小学校以来、何かと彼女に助けられることが多かった。そういえば中学に入った頃に、盛人の陰謀で、もう少しで虐《いじ》められっ子のレッテルを貼《は》られそうになったときも、助けてくれたのは和美だった。

「食べるのは――やめておいた方がいいと思うよ」

拓也が真面目《まじめ》な顔で答えると、彼女は「やっぱりね」ところころと楽しそうに笑った。そんな笑い方さえ、いつもの和美よりも潤いを含んでいるようで、拓也はまた胸が高鳴りそうになった。

「じゃあ、この不思議な匂いは、蜂蜜や梅肉の匂いなのかしら」

「それだけじゃ、ないよ。他にも色々と入ってるから」

和美は、いかにも感心したように深々と頷き、大人みたいな口調で「なるほどねえ」と唸《うな》った。

「だから、最高級なのね。どんな人が買っていくのかしら」

「どこかの、お茶の先生だって」

それから和美は、香についてあれこれと拓也に質問をした。拓也は、知っている限りのことは答えたいと思っていた。和美が香に興味を持ってくれることが嬉しかったし、何よりも『薫霊香』を気に入ってくれたのが嬉しかった。

「あらあら、何だかいい匂いがすると思ったら」

勉強をそっちのけにして夢中になって話し込んでいると、和美のおふくろさんが飲み物を運んできてくれた。おふくろさんは部屋に入るなり、目を瞬《しばたた》いて言った。火遊びということで叱《しか》られるかと思ったのに、おふくろさんは少しの間、部屋に漂う残り香を楽しみ、「さすがに吉屋さんのところのお香ね」と言っただけだった。

「何だか、懐《なつ》かしい気がするわねえ。何か、遠い昔の何かを、思い出させられるような気がするわ」

最後にそう言われて、拓也は慌《あわ》ててノートを開いた。何だか急に恥ずかしくなったのだ。和美は不思議そうな顔で、それでもくすくすと笑いながら、そんな拓也を見ている。この家は、拓也の家とはまるで異なる匂いに満ちていた。漬物屋という商売柄かも知れないが、温かみのある、清潔そうな匂いだと拓也は思う。

「拓也くん、理数系に行きたいんでしょう?」

おふくろさんがいなくなって、やっと勉強を始めると、また和美が口を開いた。

「香のことも、もっと科学的に分かったらいいなと思って」

「拓也くん、理科は出来るもんね。じゃあ、お家を継ぐの?」

拓也は、当たり前だと言わんばかりに頷いた。和美は意外そうな表情になり、「ふうん」と口を尖らせた。

「でも、うちのお父さんたちが言ってたけど、お線香の原料になるものって、これからだんだん少なくなるんじゃないの?」

「まあね。大体は輸入品だし。でも、うちの倉庫には、大体のものは、あと十年分はあるんだ」

和美は「そう」と頷いた後、ふいに少しばかり憂鬱《ゆううつ》そうな顔になって、溜息をついた。拓也は、その溜息の意味を知らないわけではなかった。和美も、この漬物屋の一人娘だった。彼女は前にも何度か「漬物屋なんて」と言っていたことがある。

「加藤は、家は継ぎたくないんだろう？」

「だって、今どき漬物屋なんて」

「そうかなあ、俺はいいと思うけど」

こうして勉強はすぐに脇道《わきみち》にそれる。それでも拓也は、和美とこうして話せることが嬉しくてならなかった。それに、さっきの香を焚《た》いたときの、和美の横顔が強く印象に残っている。

「でも、拓也くんはいいかもね。匂いだけで人を幸せに出来る仕事なんて、すごく素敵だもの」

やがて、和美はにこりと笑ってそう言った。匂いだけで人を幸せに出来る——その言葉は、拓也の胸に深く刻まれた。そんな香を作ることによって、拓也の家族も幸せになるのだ。拓也は、母のことも祖父母のことも幸せにしてあげたかった。そうすることによって、拓也も幸福になるのだと信じていた。

「高校に受かったら、何したい？」

「じいちゃんから、本格的に香の調合を習いたい」

ノートに向かいながら答えると、視界にころころと鉛筆が転がってきた。まったく、女の子というのは、どうしてこんなにくるくると表情を変えるのだろう。顔を上げると、さっきまでうっとりとしたり、にこにこと笑みをふりまいていた和美が、今は膨れっ面《つら》になって、つんと澄ましている。

「——何だよ」

「拓也くんの頭の中って、お香のことばっかり」

和美は、急に挑戦的な目つきになって、わざとらしい程に大きな溜息《ためいき》をつく。

「私ね、盛人くんに言われてるんだ」

「何を」

「今度のバレンタインにね、チョコレートくれないかって」

心臓がどきりと跳ね上がった。どうしてこんなところで盛人の名前を聞かなければならないのだ。それに、言うに事欠いて自分からチョコレートを催促するなんて、何という奴《やつ》なのだろうと思った。

「——どうしようかなあ」

さっきから何度も努力して鎮めてきた心臓は、もう言うことを聞かなくなりそうだった。耳の中でまで、どくどくという音が響いている。

「加藤は——」

言いかけて、すっかり声がかすれているのに気づいた。拓也は慌てて咳払《せきばら》いをして、おふくろさんが置いていってくれたジュースを飲み干した。甘いジュースは渇きを癒《いや》すのには役に立たない気がする。だが、それを飲む間、拓也は何とかして冷静にならなければと自分に言い聞かせていた。

「――したいように、すればいいだろう」

もはや、頭の中は目の前の和美のことよりも盛人のことでいっぱいだった。とにかく、盛人の奴が自分の周囲をうろついている限り、拓也の人生は絶対にどこかで躓《つまず》きそうな気がしてならない。ただでさえ、もう何年も毎日のように不愉快な思いをさせられているではないか。奴が自分の近くにいるだけで、拓也は気持ちを乱される。ちきしょう、あんな奴、絶対に嫌いだと、改めて同じ言葉ばかりが頭の中を駆け巡った。

「俺――」

拓也は、つい口ごもり、俯《うつむ》いてしまった。盛人に対する悪口雑言ばかりが浮かんでいる頭は、目の前の和美に対しては、何を言えば良いのか、まるで考えることが出来なかった。

「何よ、何なの?」

「――も、チョコレート――」

そこまで言ったとき、急に頬に柔らかいものが触れた。全身に電気が走ったような感覚を受けて、拓也は飛び上がる程驚き、息を呑《の》んでしまった。すぐ横に、和美の輝く瞳があった。あまりに近くて焦点が合わないくらいの距離だった。

「真面目すぎるんだよ、拓也くんは。私、漬物屋は嫌だけど、お香屋なら、いいと思ってるのに」

一瞬、頭の中が空白になった。拓也は、いつの間にか手の間からシャープペンを取り落としていることも忘れて、頬に和美の生暖かい呼吸を感じていた。ああ、早く大人になりたい。盛人なんかに邪魔されてたまるかと、そればかりを思っていた。

4

高校では、拓也は化学クラブに入った。中学のときと違って、実験材料や用具も豊富に揃《そろ》っている実験室で、拓也は夢中になって色々な実験に取り組んだ。目の前で、様々な薬品が化学反応を起こし、変化するのを見るのは、何よりも面白かった。

その頃、和美は同じ高校のテニス部に入っていた。拓也は時折、実験室の窓からテニスウェア姿の和美を見かけることがあった。黄色いボールを追って走り回っている彼女は、あの冬の日に「お香屋なら」などと言った少女と同一人物とは思えないくらいに大人っぽく、美しくなっていた。こうして眺めていると、かつて彼女の唇が自分の頬に触れたことがあるなんて、まるで夢か幻としか思えないくらいだ。

——あの家にも、行かなくなったな。

遠い昔のことのような気がする。だが、考えてみれば、あれからまだ一年近くしか過ぎてはいなかった。入試の頃、拓也は和美からバレンタインのチョコレートをもらった。拓也は、これで盛人に勝ったと確信し、内心で飛び跳ねたいほどに感激したものだ。

それなのに高校に入ってからというもの、拓也は和美とほとんど口も利《き》かなくなっていた。何となく、以前のように気軽に話しかけられない雰囲気が出来上がってしまっていたし、あのときの恥ずかしさからか、妙に意識してしまって、何を話せば良いのかも分からなくなっていたからだ。

——眺めるだけ、か。

ときどき、ひどく切なくなって、そんなことを考えることもあった。それでも、拓也の高校生活はしごく順調なものだった。暇さえあればあらゆる本を読みあさり、化学の教師に食い下がっては分からないことを質問して、次々に興味の対象を変えていった。

「青！」

ある秋の日の帰り道、本を読みながら歩いていると、聞き覚えのある声が背後から被《かぶ》さってきた。あきあかねの群が頭の上を行き過ぎ、河原の道にはすすきの穂に混ざって、ぽつり、ぽつりと彼岸花の朱が見えた。その頃には拓也は眼鏡をかけるようになっていて、学校でも秀才と呼ばれるまでになっていた。

「ようっ、青！」

間違いなく、盛人の声だった。拓也は、うんざりしながら立ち止まった。拓也を「青」などと呼ぶのは彼しかいない。意外なことに、盛人も拓也と同じ高校に入ってきたのだ。勉強に関しては、彼は問題外だと思っていた拓也は、盛人が案外馬鹿《ばか》ではなかったことと、自分と彼とのただならぬ腐れ縁に心底驚き、呪《のろ》いたい気分にさえなった。だが、実際に高校生活が始まってみれば、盛人は野球部に入って合宿所暮らしになり、拓也とはほとんど無縁の存在になっていた。だから、いつしか拓也も彼の存在そのものを忘れかけていた。

「久しぶりじゃねえかよ、よう、秀才」

大きな鞄《かばん》を肩からかけて、大股《おおまた》で追いついてきた盛人は、中学のとき以上に大きくなって、しかも、一面のニキビ面《づら》になっていた。近づいてくると、つんと汗臭い匂《にお》いが拓也の鼻腔《びこう》を刺激する。

「その、青って呼ぶの、やめてくれないかな」

拓也は眼鏡の奥からちらりとニキビ面を見上げ、そのまま澄ました顔で歩き始めた。だいたい、久しぶりなどと声をかけられるようなつき合いではないではないか。幼い日から、ことあるごとに人をからかって、喧嘩《けんか》を売ってきた奴に、馴《な》れ馴《な》れしく話しかけられたくはなかった。

「何だ、何だ？　歩いてるときも、勉強かよ。やってらんねえなあ」

「人の勝手だろう？　それより、君こそどうしてこんなところを歩いてるんだよ。君は、合宿所暮らしなんじゃないの」

「ちょっとな」と言って、盛人は突然道ばたに唾《つば》を吐いた。そんな仕草さえ、拓也の癇《かん》に障《さわ》る。

「先輩がよ、やれ洗濯しろだの、何か買ってこいだの、好き勝手なことばっかりぬかしやがるから、ちょっと小突いてやったらよ、そいつ、本気になって怒ってきやがってよ、そのまま、喧嘩になっちまったんだ。そうしたら、一週間の謹慎処分だよ。練習にも出られねえ。相手は万年補欠の、ひ弱な野郎なんだぜ。それなのに、先輩風吹かしやがってよ」

それにしても汗臭い。拓也は顔をしかめたくなりながら、黙って歩き続けた。

「だったら、あんな汚ねえところにいてもしょうがねえからさ、少し家に帰ってようかと思ってな。そんで、今日はこっちに帰ってきたってわけさ。分かった?」

昔のように怯《おび》え、身構える気持ちは、今の拓也にはない。盛人の方も、以前よりは多少なりとも大人になったと見えて、くだらない嫌がらせなどをするつもりはなさそうだった。

「それにしても、なあ、青。おまえ、本の虫になっちまったなあ。たまに俺が声かけたって、いっつも気がつかねえんだもんな。大したもんだ、青は」

本当は気がついていた。ただ、面倒だから無視していただけのことだ。拓也は、せっかくの読書の時間を奪われた上に、「青、青」と呼ばれて、久しぶりに昔の苛立《いらだ》ちを蘇《よみがえ》らせていた。第一、今は香を作るときにはビニールの手袋をするようになったから、拓也の家族は誰も青い手などしていないのだ。

「何、読んでんだ? あん?」

せめて、黙って歩いてくれれば良いのに、盛人はやたらと馴れ馴れしく、拓也の肩に腕をかけたりする。拓也よりもずっと大きな盛人の腕はずしりと重かった。第一、その汗臭さがたまらない。やめろよ、と言いかけたそのとき、拓也の中で何かが閃《ひらめ》いた。どうして、こんなに大切なことを忘れていたのだろうか。

「ねえ、最近、耳の掃除をしたかい」

拓也に唐突に言われて、盛人はきょとんとした顔になった。それから、拓也の肩に置いていた手を自分の耳に当て、「掃除か？」と言う。日に焼けた、芋虫みたいな小指を耳に入れながら、ニキビ面の盛人は「そういえば、してねえかな」と平気な顔で言った。

「変なこと聞くけど、君の耳垢《みみあか》って、湿ってる？　それとも、乾いてる？」

拓也がなおも聞くと、盛人は、小指をぐりぐりと動かしながら、目玉だけで空を見上げる。

「俺の、耳クソ？　どうかなあ、他の奴のを、知らねえからな」

「でも、感触としてはさ、分かるだろう？　しっとりしてるか、ポロポロか」

「どっちかってえと、湿ってるかな」

盛人は間抜け面で耳に入れていた小指の先を眺め、ホレ、などといってそれを拓也に差し出してくる。拓也は、そんなものは死んでも見たくないと思ったけれど、冷静に、それを眺めることにした。一体、どれくらい掃除をしていなかったのか、ただ指先でつついただけのはずなのに、盛人の指先には、ごっそりと耳垢がついていた。それは、少なくとも拓也の耳垢に比べて、ねっとりとして見えた。

「何だよ。秀才の考えてることは、分からねえな。人の耳クソなんか見て、どうしようってんだ」

盛人がふうっと吹いても、その耳垢は飛ばなかった。母も、祖父母も、最近は盛人のことなどまったく聞かなくなっていた。だが、それは拓也がすっかり忘れていたからだ。「時代は変わる」と祖父は言うことがある。拓也を気遣ってのことに違いない。頭の中で何かが猛スピードで回転し始めていた。

――皆で、幸せになるんだ。

かつて、毎日念仏のように唱えていた文句を思い出しながら、拓也はなおも不思議そうな顔をしている盛人に向かって、生まれて初めて笑顔を見せた。

「いや、気を悪くしないでもらいたいんだけどね。久しぶりに会ったら、盛人、少し臭《にお》うみたいだからさ」

拓也の言葉に、盛人はぎょっとした顔になった。だが、すぐに動揺を隠すかのように怒った顔をして見せる。

「当たりめえだろ。毎日汗流して、駆けずり回ってんだ。汗臭いのの、どこが悪いんだよ。おまえ、うちの合宿所の匂いなんか、嗅《か》いだことねえだろう。あそこなんてなあ、住んでて言うのも何だけど——」

「いや、汗の匂いばかりじゃなくてさ。盛人自身の体臭っていうのかな」

拓也は努めて愛想良く、冷静な口調で言った。盛人は愕然《がくぜん》とした表情になって、慌《あわ》てて自分の服の匂いを嗅ぎ始めた。

「僕が、耳垢のことを聞いたのはね。耳垢が湿っている人は、腋臭《わきが》にもなりやすいっていう話を読んだことがあるからなんだ」

普段は威勢の良い盛人は、ますます自信のなさそうな情けない顔になる。

「マジかよ。やべえな、女の子に嫌われるよなあ、臭い奴《やつ》って。そのぅ、風呂《ふろ》に入っても、取れない匂いか?」

「匂いっていうのはさ、確かアポクリン腺《せん》とかいう汗腺から、出るんだよね。それが、腋の下とか、外耳道とか、身体《からだ》のあちこちにあるんだって。その、アポクリン腺の分《ぶん》泌《ぴつ》が、人よりも多いのかも知れないねえ」

どこかで一度読んだ話を、適当につなぎ合わせているだけのことだったから、本当は拓也にもあまり自信がない。だが、何も知らない盛人は、ひどく熱心に拓也の顔を覗《のぞ》き込み、いちいち感心した様子で、ふんふんと細かく頷《うなず》いてくる。

「じゃあ、そのアポクリンっていうのを何とかすれば、匂いは止まるか?」

「どうかなあ。何だったら、調べてみてあげようか」

拓也の言葉に、盛人は途端にニキビ面《づら》を輝かせて「おう」と大きく頷いた。そして、そのまま素直に、誘いに乗って拓也の家に来ることになった。

「考えてみると、これだけ長いつき合いで初めてだったよなあ？　おまえん家《ち》に行くのって」

「小学校のときに校外学習で来たじゃないか」

「ああ、そんなことも、あったかな。俺、何だか辛気臭くて嫌だと思ってたからなあ。去年、じいちゃんが死んでから、俺も線香の匂いには慣れたけどさ」

拓也は、盛人と並んで歩きながら、ふんふんと適当な返事をし、その一方で、これは結構良いものがとれるに違いない、と確信していた。拓也も盛人も、まさしく十七歳になろうとしている。男子の汗の分泌の、もっとも盛んなときだ。

——どうせならば、先にたっぷりと汗をかかせておくのも、いいよな。

それが、未来を拓《ひら》く材料になる可能性は大きい。きっと祖父も喜んでくれるだろう。母だって、これでようやく過去から解放されるに違いない。そう考えると、拓也はひとりでに笑顔になってしまった。

「おまえ、結構いいとこ、あるんだな」

「いいんだよ。幼なじみじゃないか」

再び肩に手を置かれても、拓也は今度はにっこりと笑うことが出来た。

「だよなあ、俺とおまえとは腐れ縁だもんな。まあ、いつかな、この借りはそのうち、きっと返すからよ」

「気にしなくて、いいよ」

借りなど作られる心配はない。既に、これまでに積み重なってきた貸しが、こういう結果を生んだのだ。それを返してもらうときが来ただけのことだった。

5

拓也が和美と結婚したのは、二十七歳になった初夏のことだった。高校を卒業して東京の大学に入った拓也は、そのまま大学院まで進んで、その上で企業からのあらゆる就職の誘いを断って帰郷した。東京での暮らしは確かに楽しかったけれど、拓也には、故郷を捨てて住み続けるほどに魅力的には感じられなかった。第一、自分の家で、家族に囲まれて暮らすことこそが、拓也の望みだったのだ。

久しぶりに高校の同窓会で和美と再会したとき、拓也は彼女がまだ独身で、家業の手伝いをしていたことを初めて知った。そして、二人は急速に近づき、翌年、結婚することになった。母は、祖父母と相談した結果、母屋《おもや》とは別に拓也の実験室を兼ねた夫婦のための離れを建ててくれた。拓也は、そんな必要はないと思ったのだが、和美はとても嬉《うれ》しそうだった。

「拓也、問屋さんが見えてるわよ」

その日も実験室にこもっていると、外から和美でなく母の声がした。

「あれ、母さん、帰ってたの」

実験室から出ると、そこには晴れやかな笑顔の母が立っていた。結婚した息子がいるとは思えないと、近頃ではどこへ行っても褒められるらしい母は、拓也の目から見ても、まだまだ若々しく、美しかった。

「さっきね、戻ったの。実験中だと思ってたものだから、声をかけるのを遠慮してたのよ」

母はにっこりと笑うと、「さあさあ」と拓也の背を押す。母屋の茶の間から顔を出して、こちらの様子を窺《うかが》っていた和美が、少し目立ち始めてきたお腹《なか》で苦笑しているのが見えた。来年には、母は祖母になる。

最近では町内の旅行会に属し、その他にも芝居を観《み》に行ったり、陶芸を習いに行ったりと、ほとんど家にいることのない母は、和美にとっては理想的な姑《しゅうとめ》のはずだった。家にいるときには、二人はよく台所で声を揃《そろ》えて笑っていたし、和美はこの家の仕事も、香も好きな様子だった。

「あなた、お義母《かあ》さんのお土産、すごい量よ」

茶の間の前を通り過ぎるとき、和美はくすくすと笑いながら言った。「うん」と言って茶の間を見れば、確かに驚くほどの紙包みや袋の山が築かれている。

「母さんの買い物癖は、すごいもんがあるな。どうするんだい、旅行する度に、こんなに買いあさってきて」

呆《あき》れて振り返ると、母は肩をすくめてくすくすと笑っている。「だって」と言い訳をするときの母は、まるで若い娘のようだった。拓也は、そんな母を見るのが嬉しかった。

「やあやあ、若旦那《わかだんな》」

応接間に待たせていた問屋の主人は、拓也を見るなり腰を上げ、極めつきに愛想の良い笑顔を見せた。そんなふうに呼ばれたくはないのだが、面倒だから適当に返事をしていると、問屋は「若旦那」を連発しながらプロ野球の話から始まって政治経済まで、一通りの雑談をした後、ようやく「ところで」と切り出した。

「例の、あのお香をね、お願いしたいんですわ。『薫霊香《くんれいこう》』」

煙草《たばこ》をくわえると、さっとライターが差し出される。普通、問屋というのは納入業者には高飛車に出るものらしいと聞いているが、拓也の家に関してだけは、特別なようだった。

「あれは、祖父に聞いてみないことには、何とも――」

拓也は腕組みをして、深々と吸い込んだ煙草の煙を吐き出した。最近では、表向きの交渉ごとなどにはいっさい顔を出さなくなったが、祖父は祖母と共にまだまだ健在で、頑《かたく》なに昔の製法で香を作り続けている。勿論《もちろん》、拓也の意見もあって、少しずつ機械も導入してはいるのだが、それで楽になったのは練り上がった玉を干す段階までがほとんどで、こと香料の調合に関してだけは、未《いま》だに祖父の独壇場と言っても良いくらいだった。勿論、拓也は拓也なりに、祖父が先代から受け継ぎ、勘を頼りに育ててきたものを、科学的に分析してはいるのだが、最後に勝つのは、やはり祖父の経験と勘だった。

「いやあ、貴重なものだということくらいは、こちらだって重々承知しているんですわ。うちだって、昨日今日のおつき合いじゃないわけですからねえ。ただね、今度ですねえ、お得意さまの――」

問屋は、とにかくとうとうと喋《しゃべ》り続けた。『薫霊香』は、一年に一度しか作らないことになっている。

「お願いしますよ、若旦那。あそこのお師匠は、どうしてもおっしゃってねえ、わざわざご自分でうちまで見えたんです」

「まあ、あちらがそこまでおっしゃるのなら、作らないこともないんですが」

「いやあ、正直言ってね、私なんぞは無粋な男ですから、吉屋さんのあのお香が、どうしてあんなにご婦人方に好まれるのか、よく分からないんですがねえ。こう、媚薬《びやく》っていうんですか、そういう作用があるんでしょうかなあ」

拓也は曖昧《あいまい》に笑いながら問屋の話を聞いていた。そして、結局最後には、押し切られるかたちで、年に一度しか作らないはずの香を作る約束をさせられた。

「一体どんなお香を作れっていうの？　あなたがあんなに渋るところなんて、初めて見たわ」

玄関から戻ってきた和美は、不思議そうな顔で拓也を見た。拓也は、溜息《ためいき》をついただけで、特に何も答えなかった。

「おじいちゃん。『薫霊香』をね、作ることになったよ」

昨年で喜寿を迎えた祖父は、今でも攪拌場《かくはんば》か倉庫のどちらかにいるのがほとんどだった。昔に比べると、ずいぶん年老いてはきたけれど、それでも病気一つしたことがない。それもこれも、すべては香の原料のおかげだというのが祖父の口癖だった。母屋から倉庫に来た拓也は、先月届いたばかりの白檀《びゃくだん》を愛《いとお》しげに眺めている祖父に並んで立った。

「あと、何年分くらい、もつかねえ」

拓也が顔を覗き込むと、祖父は太い眉《まゆ》をひそめて「ううん」と唸《うな》る。

「まあ、あと十年や二十年は大丈夫だがな」

「今度は、補充がきくだろうか」

「期待はせん方が、いいかな。だが、どういうわけか、そのときになると、救い主が現れる。それが、この家が続いてきた秘訣《ひけつ》だ。今度は、お前の子どもの代が、その役割を果たすだろうよ」

祖父の言葉に、拓也はゆっくりとうなずいた。

「お母さんや僕が、そうしたようにね」

祖父に言わせると、今の香料は、以前のものに比べて、ずっと上質だということで、千倍どころか二千倍以上に薄めて使うくらいが、ちょうど良いという話だった。動物性の香料は、希釈していくことによって芳香を放つ。それは、五感で感じられない程に淡くしてこそ、香という、いわば香りの芸術品の中で貴重な役割を果たす。どんなに高級な匂《にお》いでも、人間は純粋な植物だけの匂いには心を揺さぶられないものだということを、拓也は幼い日に、この祖父から学んだ。しかも、女性に好まれる香を作るためには、男の性的な匂いこそが大切だということも、教わった。そして、ある日、拓也は「父の匂い」を知った。ふらりと現れて、この家を救った男は、匂いとなって永遠に残った。そして、その一方で母の胎内にも生命を残していったのだった。

数日後、拓也たちは新しい練り香を作った。

「——ねえ」

完成した香を、漆器の箱に詰めているときだった。和美がふと顔を上げた。

「盛人くん、結局どうなっちゃったのかしら」

彼女は、自分の言葉に自分で驚いているような表情になって、こちらを見た。「何だい、急に」と言いながら、拓也も和美を見つめた。チェックのマタニティ・ドレスを着ている彼女は、この家に嫁いできてから初めて見せる、何となく悲しげな顔で、ふうっと溜息をついた。

「どうしてだろう。何だか、急に思い出したの。そういえば、盛人くんはついに現れなかったなあって」

ある秋の日に、盛人は忽然《こつぜん》と消えてしまった。先輩と喧嘩《けんか》して、野球部の合宿所から飛び出した盛人は、そのまま自宅にも帰らず、行方不明になったということだった。当初は家出か事故ではないかと、ずいぶん大騒ぎになったものだが、結局は見つかっていない。

「私ねえ——今だから、言うけど」

和美は、ちらりと拓也を見て、少しの間迷っている様子だったが、やがて決心したように、また溜息をついた。

「バレンタインに、チョコレート上げたのよ」

「——」

「あの年。中三の。くれって言われなくてもね、上げるつもりだったの」

和美の笑顔は、すべてを諦《あきら》めた人が浮かべる、静かで淋《さび》しげなもののように見えた。拓也は、幼い頃の母の笑顔を思い出した。

「盛人くん、口は悪いけど、いい人だった。あなたのことだって、しょっちゅうからかってたけど、本当は好きだったのよね。私には、よく話してたわ。『拓也は頑張り屋だ』とか、『あいつは片親なのにひねくれてなくて、偉い奴《やつ》だ』とかね、よく言ってた——もう、みんな、過ぎ去ったことね。おかしいな、どうしてこんなこと、急に思い出したのかしら」

微笑《ほほえ》む和美の目は微《かす》かに潤《うる》んでいた。わずかに染まった指先で、小さな丸い練り香を弄《もてあそ》びながら、彼女は遠くを見つめていた。

鈍《にび》色《いろ》の春

1

「この柄を、ですか」

目の前に広げられた図案を一瞥《いちべつ》して、塚原は一瞬眼鏡の奥の目を瞬《しばた》かせた。ちょうど着物の身頃《みごろ》の幅に揃《そろ》えられている白い紙には、黒いサインペンと色鉛筆を使って、丁寧な模様が一面に描かれている。一見すると、少し前ならば斬新《ざんしん》ともいえた、はっきりとした柄だが、塚原が驚いたのは、その細部だった。

ちょっと見には平凡な、比較的大きな菱形《ひしがた》が、大小あられの中に不規則に散っているような印象を与える。そんな図柄は、最近ではそう珍しいものではなかったし、柔らかい色合いにすれば、むしろ可憐《かれん》で若々しい印象を与えることになるだろう。だが、その菊菱《きくびし》にも見える柄は、よく見れば花びらの代わりにバットが、花芯《かしん》にはグローブがかたどられているのだ。

「どう？」

感想を促されて、思わず顔を上げると、正面に座っていた柴田有子《しばたありこ》は、いかにも得意そうな表情で、瞳《ひとみ》を輝かせて塚原を見つめていた。

「はあ——これは、まあ」

塚原は老眼鏡を額の上に押し上げて、大きく息を吸い込みながら胸を反らせた。それから、ちらりと有子を見、改めて図案を目の高さに上げて眺め、「ははあ」と唸《うな》り声を出した。

「また、ずいぶん斬新なお柄と申しますか」

塚原の言葉に有子は肩をすくめてくすくすと笑う。そして、「そう言われると思ったわ」と、さも愉快そうに目を細めた。

——またか。

内心で溜息《ためいき》をつきながら、塚原は老眼鏡をかけ直し、もう一度図案を眺める。素人《しろうと》の有子がこれだけ丁寧な図案を描き上げるのには、相当な時間を要したに違いないのだ。野球のバットとグローブを、着物の柄に使おうなどという考えは、とてもプロでは考えつかない。それを思うと、とりあえず丁寧に鑑賞しなければ失礼だという気にもなる。

「そんなに下品にはならないと思うのよ」

「はあ、まあねえ」

「ちょっと見には、分からないでしょう？」

「そうですかねえ」

「でも、どうしても、この柄にしたいのよ、ね？　地色はね、椋実色《むくのみいろ》にして――」

あまり長い間、眺めているものだから、有子の声が少しずつ不安気になってきた。

どのみち、塚原が何と言おうと、有子の気持ちが変わるはずもない。それは、これまでの経験から、十分すぎるほどに分かっているから、塚原はいい加減なところで顔を上げた。

「――何ですか、今度のお相手は、野球選手か何かで？」

塚原が見つめると、有子は娘時代と変わらない白い頬をぱっと染めて「いやあね」と笑う。二、三カ月前に、これまで二度ほど染め直してきた着物の練抜《ねりぬき》をしたいのだと言ってきたときの、やつれた顔はもうどこにもなかった。

「選手のはずが、ないじゃないの。私たちの年頃になって、まだ現役の選手なんて、いやしないわ」

「おや、さいですか。お若いお相手ということも、あるかと思いまして」

今度もまた、と言おうとして、塚原はそのひと言だけは呑《の》み込んだ。そんなことを言えば、有子の機嫌を損ねることは目に見えている。現に、その練抜をしたいと持ってきた着物は、一回り以上も年下の恋人のために作った着物のはずだった。そんなことを、塚原が忘れているとでも思っているのだろうか。

「若い人も、ときにはいいかも知れないけどねえ——やめたわ。まるで心の安まるときがないんですもの」

だが、有子は少しばかりはにかんだ表情で正直にそう言った。そして、今度つき合い始めた相手というのは、有子と同年代の、中小企業の社長なのだと打ち明けた。

「お茶会の帰りにね、お天気が良かったものだから、少し多摩川を散歩したのよ。そのときにボールが飛んできて、私、拾ってさしあげたの。それが、ご縁。草野球のチームの監督をね、してる方なの」

それで、こういうデザインになったのかと、塚原はようやく合点がいった。それにしても、飛んできたボールを拾うくらいで、そこから恋が芽生えるというところが、いかにも有子らしい。塚原が今年で五十になるのだから、かれこれ五十三にもなろうとしているはずの彼女が、今もって、そんな瑞々《みずみず》しい部分を保ち続けていることが、塚原にはいつもながら驚異だった。

「ねえ、だからね、今度は柄が柄だから、色は反対に甘めの、優しい色にしたいとも、思ってるのよ。地色が椋実色じゃあ、ちょっと渋すぎるのかしら、とか——」

それから有子は夢中になって色と柄の説明を始めた。返事だけは几帳面《きちょうめん》に繰り返しながら、塚原は内心では半分くすぐったいような、照れ臭いような気分を味わっていた。染め上がり、仕立て上がった着物を着て、この気まぐれな未亡人は、浮き浮きと新しい恋人に逢《あ》いにいくのだろう。そして、これまでの何人もの男と同じように、彼は彼女の情熱に心打たれ、あるいは気圧《けお》されるに違いない。その時から、静かに男の競争が始まるのだ。有子とではない、有子の、着物に対する欲望との競争だ。

——男のために染めるのか、着物のために男を探すのか。

彼女がこんな表情で現れる度に考えることを、またもや頭に思い浮かべながら、塚原は、それからしばらくの間、有子の相手をしていた。話しているうちに、塚原の中でもこの図案をもっとも魅力的に見せる色合い、有子に似合いそうな柄の配置などについて、徐々に明確なイメージが出来上がっていく。

「そうね、確かに、塚原さんのおっしゃる通りかも知れない。くどくなっちゃ、粋《いき》じゃないわねえ」

塚原の説明を、有子はいつも感心した表情で聞く。そんなときの素直で謙虚な表情が好ましかった。そこは、塚原の工房の片隅にある小さな休憩室だった。古いし狭いし汚いし、およそ客を通せるような空間ではない。だが、かれこれ三十年以上もこの工房に出入りしている有子は、応接間よりも、この休憩室の方に通されることをいつも喜んだ。

「まあ、どのみち、難しいご希望では、ありますがね」

「――そんなに？」

わざとらしく溜息をついて見せると、有子は途端に不安そうな、拗《す》ねたような表情で身を乗り出してくる。そんなときの有子の顔は、彼女がまだ嫁ぐ前の、娘時代とまるで変わらなく見えた。

「実際に、袖《そで》を通されますか」

「そういうものしか、お作りにならないくせに」

有子はころころと喉《のど》の奥で笑いながら、膝《ひざ》の上に置いていた手を小さく振って見せた。確かに、最近の和服は鑑賞用としての意味合いが大分強くなってきた。和服という形を借りた、一つの絵巻物か絵画のようなものも決して珍しくはない昨今だ。和服の需要が減る一方で、これからの和服の生き残る道は、高級化、芸術化しかないと言い切っている職人も少なくはない。だが、それでもやはり、留め袖や訪問着の類《たぐい》ばかりでなく、以前は日常着として皆が着用してきた和服を、あまりにも高いところに押し上げてしまうことには、塚原は抵抗があった。どんなに美しい柄のものでも、着る人がいてこそ生かされる。着て、動いてもらってこそ、本当に美しく見えなければならない。それが着物だと、塚原は信じていた。

「当たり前じゃない。自分の好きな柄を染めていただくのよ。簞笥《たんす》の肥やしになんか、しませんよ。だからこそ、いつも染め替えていただいたり、してるんじゃない？」

有子の言葉に、塚原は目を細めてゆっくりと頷《うなず》いた。今日の彼女は、二、三年前に塚原の工房が染めた、からす瓜《うり》とあけびの柄の入った、深い緋色《ひいろ》の着物を着ている。お茶や踊りの師匠でも、ましてや花柳界の人でもないのに、日常着として和服を選ぶ人は、最近では滅多にいないに違いない。だが、彼女は「洋服が似合わなくなっちゃってるのよ」などと言って、いつも和服で過ごしている。

「苦心惨憺《さんたん》して思いついた柄なのよ。もう少し、褒めていただけるかと思ったのに」

「いや、それはもう、よくお考えになったものだとは、思いますがね」

勿論《もちろん》、塚原の工房で染めるものばかりを着ているわけではないに決まっているが、それでも有子という女性の着物道楽が、普通の着物好き女性のそれとは幾分違っているらしいことは、塚原も十分に心得ている。何棹《さお》も簞笥を増やし続けて、どれほど多くとも、五回も袖を通すことさえなさそうな着物ばかりをため込んでいく、そんな類のことは、彼女にはまずないと言って良いはずだった。子どものいない彼女は、娘や嫁に残すという思いもないせいか、若い頃にずいぶん気に入っていた着物でも、心のどこかで踏ん切りがつくと、あっさりと染め直しに出してしまうのだ。

「ねえ、無理なお願いじゃないはずね？　出来るでしょう？」

「――出来ないことも、ないとは思いますがねえ。しかし、まあ、型彫《かたほり》の職人さんがねえ、何と言いますか」

「あら、そんなに勿体《もったい》をつけないでよ」

「いや、勿体ぶっているつもりは、ございませんよ。何も、柴田さんに向かって、そんなことは、しやしません」

有子は「本当かしら」と言いながら、またころころと笑った。その声はあくまでも若々しく、塚原は、初めて有子がこの工房を訪れた頃のことを、ふと思い出した。彼女は母親につき添われて、いつも好奇心いっぱいの瞳で周囲を見回していた。

――地味でもね、きらりとどこか光るような、そういう柄にしてやりたいのよ。この子の個性がいちばん引き立つような。

有子の母親は、いつでもそんな言い方をしていたと思う。そして、塚原の父親は、いつも楽しげにそんな母娘《おやこ》の相手をしていた。現在の塚原と有子のようなやりとりを繰り返し、当時にしては斬新な図案を考えたり、色の冒険をしたりしていた。

「菊に見えても構わないけど、でも、ちゃんとバットとグローブにも見えなきゃ嫌なの。別に、難しいものじゃないはずよ」

今、有子は当時の彼女の母親以上に落ち着いて、つんと澄ました顔で「そうでしょう？」などと言ってのける。その表情には、やはり年齢相応の風格が備わっており、彼女の上を流れた年月を感じさせた。だが、次の瞬間、彼女は「ね？」と言いながら、途端に甘えた表情に戻るのだ。そんなとき、塚原はつい年甲斐《としがい》もなく、自分も二十歳代の頃に戻った気になってしまう。

「無理を承知でお願いしてるんじゃない？　いつだって、聞いてくださってるじゃないの」

「はあ――まあ」

彼女が、くるくると表情を変えながら、やがては自分の希望を押し通してしまう性質だということは、塚原は百も承知していた。

「白子《しろこ》町の職人さんて、いつも同じ方にお願いしていらっしゃるのかしら」

「まあ、大体は決まっていますが」

小紋を染める場合には、最初の段階でまず型紙の彫刻が必要だ。現在はスクリーンを熱で焼きつけて型紙を作る方法なども少しずつ増えてきてはいるが、基本的には手漉《す》きの和紙を柿渋《かきしぶ》で張り合わせた地紙に、錐《きり》や小刀などで模様を彫る、昔ながらの手作業が中心になっている。数が減る一方の型彫職人は、現在は伊勢の白子町を中心に残っている、五百人程度の人たちでほとんどだった。だから、塚原の工房でも、図案が決まると、白子町に出向いて、その図案を職人と相談した上で、最終的に決めていく。勿論、いつも仕事を依頼する職人は一人きりではなかったが、基本的には長いつき合いの、信頼のおける数人の職人に依頼している。

「ねえ。何だったら、私も一緒に白子町へ行って、ご説明させていただいても構わないから」

有子は、わずかに身を乗り出して、真剣にこちらを見つめてくる。その瞳には、いつものことながら、ある種の凄《すご》みのようなものすら感じられた。だが、今日に限っては、それ以上の何か、ひどく思い詰めたようなものを感じて、塚原は思わず「おや」と密《ひそ》かに首を傾《かし》げた。これまで、もっと無茶な図案を描いてきたときだって、これほどまでに彼女が真剣になったことはないと思う。

——つまり、今度の男は本命というわけかな。

いつの間にか、有子の膝の上できちんと揃《そろ》えられていた手は、握り拳《こぶし》を作ってハンカチを皺《しわ》くちゃにしていた。

「それには及びません。大丈夫ですよ、何とかなるでしょう」

結局、塚原はそう答えていた。無論、勿体をつけたつもりなどはないし、有子の依頼を断るつもりなども毛頭ありはしなかった。だが、彼女がこうして新しい図案を持ち込んでくる度に、塚原の中では簡単に彼女を喜ばせたくない気持ちが働いた。そう簡単に、有子の新しい恋を形にしてなるものかという、少しばかり意地の悪い、ささやかな抵抗があったのだ。

「きっと聞いてくださるって分かってるんだけど、でも、そんなに難しい顔をされると、やっぱり心配になっちゃうわ。恩に着ます」

ほっとした表情で小さく手を合わされて、塚原は慌《あわ》てて「いやいや」と顔の前で手を振った。彼女のためならば、本当はどんな無理でも聞いてやりたいと、結局のところ塚原はいつもそう思っていた。

2

有子が帰った後、彼女が置いていった図案を抱えながら長い廊下を戻りかけると、途中の部屋から声をかけられた。

「柴田の奥さん、また新しいコレが出来たんじゃないのかね」

今では塚原の工房でいちばんの古株になった職人の沼田が、仕事の手だけは休めずにこちらを見ていた。塚原の代で五代目になる、この染小紋の工房で、塚原の父親の代から働き続けている沼田は、有子のことをもちろんよく知っている。

「どうも、そうらしい」

塚原は、小脇《こわき》に抱えていた図案を振り上げ、わずかに肩をすくめて見せた。既に六十を過ぎている沼田に、何を隠す必要もありはしない。沼田のみならず、この工房で共に長い年月を過ごしてきた職人たちは、皆、家族も同様だった。

「今度は、バットとグローブだとさ」

塚原の言葉に、しごきと呼ばれる地色染めにとりかかっていた沼田は「へえ」とわざとらしいほどに顎《あご》を引いて見せ、「今度は野球選手かい」と塚原と同じことを言って笑った。

「しかし、正直な人だよなあ。男が替わるたんびに新しい着物を染めてだよ、そいつと何かあるごとに、染め直す。やれ、男が海外から土産を買ってきてくれた、二人で旅行したときの夕日がきれいだった、喧嘩《けんか》したたって。なあ」

沼田の言葉に塚原は思わず苦笑して頷いた。確かに、彼の言う通りなのだ。こちらとしては丹精込めて染め上げた作品を、あっという間に染め直しに出されるのは、とてもではないが、そう嬉《うれ》しいこととは言い難い。だが、有子はそんなことにはお構いなしに、最初に染め上げた反物に、必ず何かの細工を増やしていきたがるか、または何の惜しげもなく、真っ白い布地に戻してしまおうとすることさえある。

「ほら、何年前だったかな、ブルドッグのが、あったろう。あれだって、次に染めたら貝殻でよ、最後には、何だ、あれ、ほら」

「メリーゴーラウンド」

「そうそう、あれの柄だったよなあ」

しごきとは、着物の柄となる部分を型づけされた布の、今度は地の部分を地色糊《じいろのり》を使って染めていく作業をいう。長板に張られて、色糊で絵柄を塗られた布をよく乾かし、その後、板からはがした布に、ローラーを使って地色糊を均等に塗りつけるのだ。地色糊は型づけされた柄を隠し、一瞬、すべてを呑《の》み込んで布を一色にしてしまう。反物は、さらに上から大鋸屑《おがくず》を振りかけられて、糊が他に付着しないようにされた上で、一定の幅に折り曲げながら竿《さお》に取って蒸される。そこで初めて、色糊は布に染まっていく。

「それにしても、よくもまあ、次から次へと新しい相手が現れるもんだよな」

大鋸屑のついている布を均等の幅に折り曲げながら竿に取る作業をしていた沼田は、そう言うと声を出して笑った。ローラーの向こうで地色糊をつける作業をしている職人も、にやにやと笑っている。

「まったく、あの奥さんには苦労させられますよねえ」

有子は、塚原の工房ではいちばんの有名人といって良かった。

「あのブルドッグだって、大変な騒ぎだったのに。その前は、何だった」

「時計だよ。柱時計さ」

塚原が答えると、沼田は「ああ」と何度も頷《うなず》き、「ありゃあ、この上もなく大胆だったな」と笑った。塚原は、自分も苦笑しながら、地色糊を塗りつけられた反物の上に自動的に大鋸屑が降りかかるようになっている容器に、補充の大鋸屑を入れた。あらゆる意味で、染色業は身体《からだ》の汚れる仕事だが、大量の地色糊を使い、細かい大鋸屑が飛び散るこの作業が、もっとも職人の衣服や身体を汚す。

「しかし、まあ、暇と金があると、ろくなことを考えつかねえっていうのかな。さっさと再婚でもすりゃあ、よかったんだろうに」

沼田がしきりに言うのを背中で聞きながら、塚原はゆっくりとその部屋を出た。

――再婚してたら、ここには来なくなってたかも知れないがな。

二十四歳でかなり年上の資産家に嫁ぎ、子どもに恵まれないままに、三十九のときに未亡人になった柴田有子は、その後は再婚もせずに気ままに暮らしているらしい。夫が相当な財産を遺《のこ》したらしく、生活には一向に困らないからこそ、彼女は現在もこんな生活を続けていられる。

「気ままがいちばん。私って、家庭的じゃないのよね」

再婚の話もあるにはあったが、どれも断り続けてきたという彼女は、あるときそんなことを言っていたことがある。それは、塚原にも分からないではなかった。だが塚原は、本当は有子が常に何かを求め続けているような気がしてならなかった。静かに、ひっそりと、彼女は足掻《あが》き続けているように思える。だからこそ、かれこれ十五年近くもの間、彼女は次々に新しい恋を見つけ、その度に数え切れない程の反物を染めては抜き、抜いては染めてきているのだ。

――彼女の求めるもの。

それは、柱時計でもブルドッグでも、ましてやバットやグローブなどでもないに違いなかった。そんなものに彩《いろど》られた思いでも、それらのものを彼女に見せた男たちでもない。だからこそ、彼女は最後の最後には、幾度も染め直し、男との思い出の記録となっている着物をすべて純白に戻して、ごく平凡な普段着に染めてしまう。だが、では何を彼女が求めているのか、それは塚原には分からなかった。

——まあ、俺には関係のない話だ。

型紙を保存する部屋、色糊を調合する部屋、また型づけをする部屋と、工房は幾つもの部屋に分かれている。それぞれに、ある程度のスペースを必要とするし、昭和三十年代頃までは数十人の職人がいたから、工房は広々としていた。だが今、その広さこそが塚原の両肩に重くのしかかってきていた。都内でこれだけの広さの土地を維持していくだけでも、並大抵なことではない。

——いつまで、この土地であの人の着物を染められるか。

板場の窓から入り込む陽射しは、白い磨《す》りガラスを通して、一日中雪の日の午前中のような印象を与える。外は、そろそろ秋の午後の赤みを含んだ光に満ち始めているはずなのに、やはりここは白々と淋《さび》しげに見えた。塚原は、今日中に終わらせてしまわなければならない型づけの続きを始めた。

江戸小紋の流れをくむ東京染小紋の技法を守り続けている業者は、このところ年々その数を減らしている。出来上がった型紙は、予《あらかじ》め下湯のしをした縮緬《ちりめん》などの白生地を長板に張ったものにあて、染料と糊とを混ぜ合わせた色糊や、そこにだけ染料が染《し》みないようにするための防染糊を置くのに使用する。様々な柄に彫られている型紙の、穴になっている部分だけ色糊が通り、生地の上に乗るという、単純な理屈だが、実際に均等に色糊を置いていく作業は、理屈ほどには簡単にいかない。一カ所に色糊を置くと型紙を外し、その柄を連続させるために、隣に型紙をつなげて置く。勿論《もちろん》、目印はあるのだが、そのときに柄が途切れてはならないし、ぶれてもいけない。ある程度の長さしかない型紙を使って、永遠すら感じさせる流れを作る、その型づけという作業が小紋の生命といっても良い。

——それにしても、バットとグローブを菊菱《きくびし》に見立てるとは。

膝《ひざ》の高さ程度の長板の上に、ほとんど腰を直角に曲げて身を乗り出し、へらを使って真っ白い生地の上に、まず防染糊を置いていく作業を続けながら、塚原はまた有子のことを考えた。今でも、塚原の中には、初めて有子と言葉を交わしたときの印象が鮮明に残っている。

——羨《うらや》ましいわ。私なんか、結局は人任せの人生だもの。ずっとずっと、誰かのお荷物でいなけりゃならないのよ。

確か、有子はそんなことを言った。彼女の母親が何度目かに有子を連れてきた折、工房を見学したいと言い出した彼女を、塚原が案内していたときのことだった。

「それに比べたら、あなたは幸せよ。生まれつき、生き甲斐を与えられる環境にいるっていうことでしょう？」

まだ二十歳になるかならないかという年齢だった塚原に対して、有子は幾分年上ぶったものの言い方をした。当時の塚原は、父親の望む通り家業を継ぐ決心こそしたもののの、来る日も来る日も染料や大鋸屑にまみれ、水浸しにならなければならないこの仕事が、嫌でならなかった。時代遅れも甚《はなは》だしい、手間ばかりがかかって報われることの少ない、こんな仕事をしている家に生まれついたことを、身の不運と考えていたものだ。

「でも、好きこのんで、こんな仕事をしているわけじゃないし。天職っていうか、本当は僕は、そんな仕事を探したかったんだけど」

若かった塚原は、相手が得意客の娘だということも忘れて、ついそんな本音を洩《も》らした。すると、有子は「あら」と言って、ひどく驚いた顔になったものだ。

「これが天職なんじゃないの？」

「親の仕事っていうだけです」

「でも、あなたの身体の中にも、代々染め物をやってきた家の血が流れているんでしょう？　きっと、そのうちに気がつくわよ」

毎日が長くて、憂鬱《ゆううつ》でならなかった塚原は、有子の確信に満ちた表情を、一瞬呆気《あっけ》にとられて眺めていた。後から聞けば、あの当時は既に見合いの話が進んでいたらしい彼女の横顔は、自分のことをお荷物などと言う割には、とても輝いて見えた。その後も何度となく彼女の言葉を思い出して日々を過ごすうち、いつの間にか塚原は、この仕事が自分の天職なのかも知れないと思えるようになっていた。その頃には、彼女は既に嫁いでいて、現在の柴田という姓に変わっていた。

——今度は、主人のお荷物になったわ。

初めて一人でこの工房へ来たとき、彼女はそんな言い方をして、やはりほんのりと笑っていた。持ち主が親から夫へ変わっただけのことで、自分はいつも人の意思で生きているのだと、そんなことも言った。少しずつ、仕事が面白くなり始めていた塚原は、男と女の違いがあるにせよ、そんな人生が面白いものだろうかと思ったものだ。

色糊は、すぐに黴《かび》が生えてしまう。それに、同じ色糊を使うものについては、一日のうちに作業を済ましてしまわなければ、仕上がりの色が、もう微妙に変わってしまうものだった。渋紙で出来ている型紙は、水分の度合いによって収縮するので、これもまた、微妙に柄の大きさが合わなくなる可能性がある。だからこそ、注文の多少にかかわらず、作業は常に手早く進めなければならなかった。

――あの人はもう、誰のお荷物にもなりたくないんだろうな。

　型紙の上から防染糊を置く作業を淡々と進めながら、塚原はそんなことを考えた。背後から、今年で三年目になる若い職人が、小さく咳《せ》き込むのが聞こえた。昔は職人の数も多かったから、常に静かなエネルギーに満ちていたはずのこの仕事場も、今は幾枚もの長板を並べられるだけの広さが、かえって淋しく感じられる。その空間に、若い職人の咳がこん、こん、と溶けていく。他に、あと二人の職人が黙々と仕事に励むだけの部屋には、空虚ばかりが広がっていた。

――俺の天職も、結局は時代と人様次第ってことだ。

　東京都内にだって、創作着物などにも意欲を見せ、今でもかなりの職人を置いている工場が残っていないというわけではない。だが、塚原のところでは、もう沼田を入れて七人が働くだけになった。それが、現在のいわゆる東京染小紋と呼ばれる伝統工芸の世界の現実だ。

「なあ、聞いてる？　マジでさ、マンションに建て替えるんなら、今がチャンスなんだってば」

　その日の夕食のとき、塚原がビールを飲みながら有子の持ってきた図案のことを考えていると、長男に腕を叩《たた》かれた。生返事を繰り返していた塚原は、面倒臭さに顔をしかめながら「ああ」と言い、来春には大学を卒業する予定の息子を見た。

「その話は、聞き飽きた。だから、マンションに建て替えて、工房はどうする」

「だから、前から言ってるだろう？　上をマンションにしてさ、下は工房のままだって、いいじゃないか」

　塚原はついに自分の考えを中断し、大きく息を吐き出した。不景気のせいで思ったような企業に就職する目処《めど》のつかなかった息子は、最近とみにこの土地のことを口にするようになった。

「これだけの土地があれば、銀行だってすぐに融資してくれるはずだろう？　家賃が入るようになれば、借金なんて、すぐに返済出来るんだしさ、その後のことを考えたら、これだけの土地を、無駄ばっかり多い、今の工房のまんまにしておくっていう手はないよ」

　ほんの数年前、塚原が一度ならず工房の移転について提案したときには、この息子は猛反対をした。ここが自分の故郷だとか、マンションなど味気ないなどと言っていたくせに、自分が普通のサラリーマンになると決まって以来、そんなことはすっかり忘れ果てたと見える。

「そうなればさ、まず経済的な不安は解消されるわけだろう？　親父《おやじ》だって生活のことを考えないで、のんびりと好きな着物だけ染められるじゃないか。職人っていうよりもさ、芸術家になって」

馬鹿《ばか》を言え、と、鼻で笑いたい気分で、塚原は冷ややかに息子から目を逸《そ》らした。彼が家業を嫌っている、どこか恥じている風さえあるということを、塚原は知っている。だからこそ、職人ではなく芸術家になれと、そう言われている気がした。

「たとえばマンションに建て替えるとして、だ。工事の間は、どうするんだ。いくら仮の工房を探すっていったって、それ相応の広さの土地を確保しなけりゃならん」

「ちょっと地方に行けば、土地なんか幾らだってあるよ」

「マンションを建てるのに借金して、その上、工房の分まで借りるとなったら大ごとになる。それなら、いっそのことこの土地は手放した方がいいんだ」

こんな話はこれまでだって嫌というほど繰り返してきた。そうすぐに結論の出ない問題だと分かっているから、塚原はなるべく考えないように日々を過ごしている。

「駄目だよ、手放すなんて。今、土地を売るなんて損だよ。大損」

伝統工芸と言われつつ、これだけ衰退してきてしまっているこの仕事を、これ以上後の代にまで継がせる自信は、正直なところ塚原にはなかった。だからこそ、長男が普通の大学に行きたいと言い出したときにも反対はしなかったし、出来ることならば、他の生き方を見つけてもらった方が気持ちが楽になるとも思ってきた。

「売る必要なんて、ないって。有効に使おうって言ってるんだよ。俺が跡を継がない以上、遅かれ早かれ、親父の代で、うちの商売も終わるわけだろう？」

「――――」

「どう考えたって、長くて、まあせいぜい、あと二、三十年ももちゃあ、いい方じゃないか」

「――――」

「その先のことを考えるのが、親の義務ってもんだろう？　今みたいに馬鹿広い工房なんて、無駄じゃないか。マンションに入ってるんだったら、親父が仕事をやめるときには、他の用途に使えるような工夫をしてさあ」

だんだん嫌な気分になってくる。まるで、倅《せがれ》に自分の寿命をはかられているような気がして、塚原は空になったビール・グラスをテーブルに戻し、むっつりと黙りこくって腕組みをした。息子は疑わしげな表情で、そんな塚原の顔を覗《のぞ》き込んでくる。

「いつだって、税金だけでも大変だって言ってるじゃないか。だから有効に使おうよ、ねえ。そうすれば、俺だってあくせく働く必要もなくなるんだしさあ」

あくせく働くサラリーマンの道を選んだのは、息子本人だった。高校生になったばかりの頃までは、この倅だって半ば諦《あきら》めた口調で、家業を継ぐようなことを言っていたのだ。なのに、無理に家業を継ぐ必要もないと分かったときから、彼は、この土地で仕事をし、生きてきた塚原の父祖や、江戸小紋のことを忘れてしまった。

「それに、俺が継がないんだったら、わざわざ地方に移り住むのだって無駄だよな。買うにしても借りるにしても、染め物で元は取れないだろう？」

世の中の流れを止められないことは、塚原にだって良く分かっている。特に、ここ三十年ほどの間に、これほどまでに衰退してしまった着物の文化を、もう一度見直そうといっても、それはごく一部の限られた人間が提唱するばかりで、二度と一般には浸透しないに違いないのだ。

「どんと、だよ。どおんと、でかいマンションを建てたらさ、俺、二世代ローンだって構わないよ。賃貸にすれば家賃収入があるんだし、何しろここは一等地なんだから、簡単に返せるさ」

せっかく塚原の代まで受け継がれてきた家業を、長男が積極的に断ち切ろうとするような素振りを見せるとき、塚原は自分が間違った選択をしただろうかと思わざるを得ない。継がせたくないと思うのは、倅の未来を思ってのことだ。だが、父祖に対して申し訳ないという気持ちが簡単に拭《ぬぐ》えるはずもない。

「じゃあ、よそに工房も作らない、ここはマンションにするっていうんだったら、仕事はどうする。工事中は仕事は出来ないことになるんだぞ」

「いいんじゃ、ねえの？　再開する頃には、注文だって来なくなってるかも知れないんだしさ。どうせ時間の問題なんだから。うちが少しくらい早く手を引いたからって大勢に影響はねえよ」

「馬鹿にするなっ！」

つい、怒鳴り声を上げていた。黙ってやりとりを聞いていた女房が「あなた」と眉《まゆ》をひそめる。高校生の長女も怯《おび》えた顔で「やめてよ」と言った。普段、滅多に大声など上げたことのない塚原が急に怒鳴ったことで、息子までがきょとんとした顔になっている。

「おまえが跡を継がないのは、おまえの勝手だ。だが、だったらおまえに、この工房のことについて口出しをする資格はないっ。いくら楽をして生きたいか知らんが、ここをあてにしてもらっては、困るんだぞっ」

一生の仕事というものを、ただ食い扶持《ぶち》を稼ぐための手段としか捉《とら》えていない息子に、染料や大鋸屑《おがくず》でべたべたに汚れながら、黙々と同じ作業を続けていく職人の気持ちなど、分かるはずもなかった。いくら、傍らで見てきているとはいえ、彼はその世界を嫌った人間なのだ。

「俺は、可能な限り続けるからなっ。うちの着物を着たいという人がいて、うちで染めたいという人がいる限り、やめんからなっ！」

ぽかんとしている家族を睨《にら》み回すと、塚原は荒々しく鼻息を吐き出し、黙ってご飯茶碗《ちゃわん》を女房に差し出した。女房は、いつもの陰気臭い顔をしかめたまま、黙って茶碗を受け取った。重苦しい雰囲気の中で、食器の触れ合う音だけが響いた。

——俺の天職を、そう簡単に奪われてたまるか。

この思いを、一体誰にぶつければ良いものかと思いながら、塚原の頭の中では、再び有子が残していった図案が回り始めていた。

3

それから約二カ月後、有子は満面の笑みを浮かべて、バットとグローブの柄が細かく飛んでいる反物を持って帰った。そして、年が替わり、春が来る頃には、それは再び塚原の元に戻ってきた。今度は、地色よりも幾分濃い色で、裾《すそ》の部分にだけ数カ所、メガホンの柄を足して欲しいという注文だった。塚原は、一応渋って見せた後、結局彼女の希望をかなえることにした。

「テーマは、野球のまま、ですか」

これまでは、突拍子もない変更を言われることの方が多かった塚原は、拍子抜けした気分で有子を見た。

「だって、あの人はもう野球に夢中なの。プロでも何でもない、ただの草野球だっていうのに」

有子はそう言ってくすくすと笑った。休みといっても野球ばかりで、せめて応援にでも行くくらいしか、出来ることもないのだと言う彼女は、やはり言葉とは裏腹に表情を輝かせ、幸福そうに見えた。

——こういう人がいる限り、俺はこの仕事をやめられない。

顔では渋った素振りを見せながら、塚原はそんな思いを新たにしていた。そして、彼女に感謝していた。

だが、新しい柄の加わった着物を持ち帰ってから、有子はふっつりと姿を見せなくなった。夏が過ぎ、秋が来て、とうとうその年はそのまま終わってしまった。塚原は、仕事に追われ、今や娘や女房までが口を揃《そろ》えて建て替えを主張するようになった日々の暮らしの中で、時折彼女のことを思った。こんなに長い間、顔を出さなかったことは、かつて一度もなかった。普段は筆忠実《ふでまめ》なはずなのに、今年はとうとう賀状の返事も届かなかったのだ。

「今度は、なかなかドラマがねえのかな」

東京にも何度か雪が降り、やがて春が来た。

「ほら、柴田の奥さんさ。ここんとこ、とんと姿を見せねえだろう」

ある昼下がり、どこからか舞い飛んでくる桜の花びらを眺めながら、沼田が思い出したように口を開いた。このところ坐骨《ざこつ》神経痛の具合が良くないと嘆いている熟練職人は、短くなるまで煙草《たばこ》を吸いながら、空を眺めている。

「ああいう人がよ、もっといてくれりゃあ、この商売も、もうちったあ面白くなるんだろうがな」

春の風に煙草の煙が流されていく。じっとしていれば、まだ幾分肌寒く感じる空気の中で、塚原は自分もぼんやりと遠くでカラスが鳴くのを聞いていた。

「今の連中は染め直すことさえ知らねえってぇんだからな。ああいう人は、滅多にいやしねえんだろうけど」

「染め直すなんて、洋服にはない知恵なんだがねえ」

塚原も溜息《ためいき》をつきながら頷《うなず》いた。

「ただでさえ不景気でふうふうぃってる世の中なんだからさ、バブルの頃に買いあさった反物を染め直そうってぇ有閑マダムが出てきても、良さそうなもんだわな」

「そうだな。展示会を開いたって、前みてぇには売れやしないってぇんだから。新しいのを買えないんなら、染めてくれりゃあ、いいよなあ」

「呉服屋が、そういう知恵を授けねえのかな」

工房の中庭は、ぽかりと広がった日溜まりだった。塚原は沼田と並んで腰を下ろしながら、また溜息をついてしまった。

昨年の春に就職した長男は、この春からは違う職につくことになった。最初に就職した会社は、一カ月後には「自分に向いていない」ことが分かったのだそうだ。そして、半年後には、あっさりと辞めてしまった。塚原は、息子の言いなりになって二世代ローンなど組まなかったことを、正解だったと思った。

「だいたい、あの着付け教室ってぇのが、曲者《くせもの》だよな。何だか知らねえが、とんでもなく手間のかかる着方を教えるんだろう?」

「ちょっと前なら、その辺の婆《ばあ》さんなんか五分もかけずに着てたものをさ、タオルを巻いたり道具を使ったりして、仰々しくやるんだよ。だから、着物は面倒だ、難しいってことになったんだろう」

本当は、あまり悪口も言えないのだ。大手の着付け教室は、必ずといって良いほど大きな呉服屋と提携している。そして、生徒たちに積極的に新しい着物を作らせる。教室に通えば通うほど、生徒は着物に対する欲も出てくるから、結局は借金をしてでも着物を買うようになっているらしいという話を、塚原も聞いている。

「そういう場所があるから、まだ売れてるってぇ現実も、あるにはあるんだがなあ」

「それにしたって、今どきの娘は皆でかくなっちまって、一反じゃ足りねえっていうのがざらにいるんだから、反物の長さから、仕立てから。そうでなくたって、機械の入れ方から工場の場所からさ、いろんな部分で考え直す時期にゃあ、来てるんだろうよ」

沼田の言葉に、塚原は内心でどきりとしながら隣を見た。穏やかな横顔を見せて、のんびりと煙草の煙の行方を眺めていたらしい熟練職人は、塚原の視線を感じたのか、ちらりとこちらを見ると口元だけでわずかに笑った。諦めたような、静かに疲れた笑顔。

「——考え直す、なあ」

「こっちの先行きに不安さえなけりゃあ、誠くんにだって、ちゃんと跡を継げって言い出せんだろう」

塚原の口から、息子についての何かを聞かせたことは一度もない。だが、ほとんど家族同様に暮らしてきた沼田が、気づかないはずがなかった。

「駄目だろうよ、不安がなくたって。あいつの目には、この工房は札束にしか見えてねえみたいだ」

塚原さえ決心すれば、ここに大きなマンションを建てられる。そうなれば、息子もあくせくと嫌な仕事をせずに済むし、女房や娘もそれを望んでいる。そう考えると、広いばかりの古ぼけた工房など、手放してしまっても構わないのではないかという気にさせられる。

「あら、お揃いでひなたぼっこ?」

ふいに声をかけられて、顔を上げると、生け垣の向こうから女の顔がひょっこりと見えていた。有子だった。もう十年近くも前に塚原の工房で染めた、春あざみと母子草の柄の、玉虫色とでもいうのか、薄く紫のかかった渋めの緑の地の着物を、彼女は実にきれいに着こなしている。帯の色もよく合っていた。塚原は急いで立ち上がりながら、一瞬にして心の雲間から薄日が射《さ》した気がした。

「噂《うわさ》をすれば、だ」

足元から沼田が小声で囁《ささや》く。塚原は、彼を振り返って、ずいぶん深い皺《しわ》が入るようになってきたその小さな顔に向かって笑った。

「すっかりご無沙汰《ぶさた》しちゃったんだけど、あのね、去年、染めていただいた、あれなんだけど――」

いつもの休憩室に通すと、有子は少しの間雑談をして、それからもじもじと恥ずかしそうに、持ってきた包みを開いた。塚原は、彼女が何と言うのか分かっていながら、黙って彼女の話を聞く姿勢になっていた。

――こうしているだけで、この人の一年が分かる。

塚原の工房で生まれる反物のほとんどは、問屋を通して全国の呉服屋に届けられる。中には問屋を通さずに、直接注文をしてくる呉服屋もあったけれど、それすら特別な方だったから、ましてや個人的にやってくる客などは、数えるほどしかいなかった。その中で、この有子は特別な存在だった。ほんの時折やってくるだけで、塚原は彼女の人生をほとんど把握していると思っていた。

「何ていうのかしら――少し、手を加えていただけたらなあって思って」

毎度のことなのに、有子は妙に神妙な表情で、ひどく言い淀《よど》みながら、やっとのことで口を開いた。塚原は意外な思いでそんな彼女を眺め、ほんの一年ほど見ない間に、彼女の上に訪れた老いが、これまで以上の早さで彼女を変化させていることに、改めて気づいた。わざわざ懐《なつ》かしい着物を着込んで、懸命に若々しく、春らしく見せてはいるが、その表情からは以前のような輝きは失《う》せ、心なしかその瞳《ひとみ》さえ、何かに怯《おび》えて震えているように見える。

——終わった、のか？　だが、彼女は「手を加える」と言った。

ちょうど女房が茶を運んできた。元々、あまりそりの合わないタイプらしい二人の女は、これまでにも親しく言葉を交わすということがなかったが、今日、緊張に強《こわ》ばった有子の表情は、よそよそしいという以上の何かを感じさせるものがあった。「どうぞ」と言いながら茶を差し出す方の女房も、いつもの有子と雰囲気が違うことに気づいたのか、塚原に妙な視線をよこす。そして、愛想の一つも言わずに、そそくさと出ていった。

「手を加える、と申されますと——どの程度の」

久しぶりに眺める着物を前にして、塚原は注意深く有子を観察しながら口を開いた。

「それが——そうねえ——」

どうも、いつもと様子が違いすぎる。夫に先立たれたときだって、淋《さび》しそうではありながら、それでも薄い笑みなど浮かべて「慣れるわ、じきに」と言っていた彼女が、今回に限って、すっかり途方に暮れた表情で、ただ一点を見つめているのだ。塚原の中で、にわかに不安が広がっていった。三十数年ものつき合いの中で、こんな彼女は見たことがない。

「それが、分からないの」

やがて、有子は決心したように顔を上げた。顔からは血の気が失せて、わずかにほつれているびんの辺りには白髪が目立つ。目元の小皺も、これ程までに深かったかと思うほどだ。

「分からないんです――どんな柄にすれば、いいのか」

繰り返して言った後、彼女はついに唇を嚙《か》み、塚原から視線を外してしまった。塚原はますます不安になり、焦《あせ》りを感じた。彼女の、この一年が見えてこない。決して喜ぶべき状況ではないらしいことくらいは、簡単に見て取れる。だが、それでもなお、彼女はこの着物に執着しているのだ。すべてを純白に戻してしまおうというつもりはないのだ。それが何を意味しているのか、塚原には読めなかった。

「――つかぬことをうかがいますが」

しばらく沈黙が続いた後で、塚原はようやく自分から口を開いた。それしか方法が見つからなかった。

「例の、この着物の方、とは――」

有子は、疲れはてた表情を塚原に向け、無理に笑おうとしたらしかった。今にも泣き出されるのではないかと、塚原は冷や冷やした。だが、よく見れば、彼女の瞳の奥には、一種異様な炎が揺れている。

「続いているわ、勿論《もちろん》」

やがて彼女は大きく息を吸い込んだ後で、早口に言った。塚原は、ただ有子を見つめていた。

「だからね、こうして持ってきましたの。染め直しをお願いして——弾みを、つけようかと思って」

「ああ、すると、少し、倦怠期《けんたいき》とでもいいますか、いわゆる、そういう感じに、差し掛かりましたか——」

いつもの有子ならば、倦怠期などという言葉を聞けば、ころころと笑って「まさか」と言ってくれるはずだった。だが、彼女は口を噤《つぐ》んだままだった。

「じゃあ、ですね。まあ、野球からは少し離れて、他の思い出ですとか、または、ええ——」

「切る、弾み」

続きの言葉を探していた塚原は、一瞬、彼女の言葉の意味が分からなかった。だが、潑剌《はつらつ》とした若さを失った代わりに、年月を経た者だけが達し得る落ち着きと風格を備えた有子は、塚原から視線を外すことなく、「切るの」と同じ言葉を繰り返した。

「これまでみたいに、ただ手を振って別れるわけには、いかないのよ。何もなかったことにして、きれいさっぱり忘れましょうって、そういうわけにはは、今度ばかりは、いかなくなったの」

有子はある決意を秘めた表情で呟《つぶや》いた。

「今までのような素敵な別れ方なんて、到底無理なの。私、あの人を恨んでるのよ。恨んでる、許せないから、まだ続いているの」

塚原の両の腕をぞくぞくとする感覚が駆け上がった。こんな有子は、かつて一度として見たことがない。人知れず生唾《なまつば》を飲み下しながら、塚原は有子の視線を受けとめるだけで精一杯だった。

「あの人は、私の主人が遺《のこ》していった財産のほとんどと、私のプライドと、ささやかな夢と——何もかも、奪ったわ。それも、どこかの若い女のために。離婚歴があるというのも嘘《うそ》だった、会社を経営しているというのも嘘。全部、全部、嘘。本当は奥さんも子どももいる、ごくごく普通の勤め人だったの」

そこまで言ったとき、初めて有子の表情が大きく歪《ゆが》んだ。塚原は、頭の片隅ではありそうな話だと思いつつ、よりにもよって、この有子がそんな目に遭わなくても良さそうなものだと思わないわけにいかなかった。

「――それは、まあ」

「娘だって言われて、私、馬鹿《ばか》みたいに、あの人の若い愛人に、母からもらったサファイヤの指輪までプレゼントしたわ。だって、本当に娘さんだとばかり思ったから、好かれたい、仲良しになりたいと思ったの。私にも、こんな年頃の娘がいたっておかしくなかったんだと思ったからこそ、大切にしようとまで思ったのよ！」

ついに彼女は堰《せき》を切ったように泣き崩れた。塚原は呆気《あっけ》にとられたまま、襟元からのぞく有子のうなじを見つめていた。ふつふつと、腹の底から怒りが湧《わ》き上がってくる。泣き声が聞こえたのか、女房がそっとドアを開けて顔をのぞかせ、有子が泣き崩れているのを認めると、不愉快そうな、疑わしげな顔で塚原を見た。塚原は、野良犬《のらいぬ》を払うように手を振って、その顔を引っ込めさせた。

「――だから、決心したいの」

やがて、しばらく泣いた後で、有子はハンカチで目元を押さえながら顔を上げた。涙声のまま、またもや「切りたいの」と言われて、塚原はただ腕組みをしていた。頭の中では何かが駆け巡ってはいる。だが、それをどうやって彼女に伝えれば良いか、その方法が分からないのだ。

「柄は、塚原さんにお任せします——私、このままじゃ引き下がれない。どうしても。けれど、ずっと引きずりたくもない。どうすればいいのか、分からないんだけど——でも、絶対にこのままじゃあ」

「——分かります」

「せっかく、主人が遺してくれたものを、あんな男と小娘にむざむざとだまし取られた——そんな思いを断ち切るための、何かの励みにしたいんです」

塚原は、有子の涙が乾くのを待った上で、あれこれと考えあぐねた挙げ句、任せて欲しいと言った。彼女は、初めて少しばかり安心した表情になって、「急ぎませんから」とだけ言うと、かつてないほどに丁寧に頭を下げて帰っていった。

その夜から、塚原は遅くまで工房に残って図案を考え始めた。こんなにもあれこれと思いを巡らし、普段の着物の柄を考えるときとはまるで異なる脳を使っている気分になったのは、おそらく生まれて初めてのことだった。

——あの人は、いつも幸福に向かって走っていなければならない人だったのに。

十日以上、ほとんど夜も眠れない状態が続いた。目を瞑《つむ》っても、有子の泣いている姿ばかりが思い浮かぶのだ。早く、新しい柄を染めてやらなければ、早く救ってやらなければと思うと、塚原は夜中にでも布団《ふとん》から跳ね起きた。

「なあ、親父《おやじ》。俺さあ、やっぱり、思うんだけど、今が本当のチャンスだと思うんだ。この低金利の時代にさ、思い切ってマンションに建て替えようよ、なあ」

女房の話では、再就職した会社も「思っていたのとちがう」と文句を言っているらしい長男は、塚原が食事にも顔を出さないので、工房にまで出向いてきて、そんな話をするようになった。

「マンションにしてさ、下にテナントを入れるのはどうかと思うんだ。俺、そうしたら店を持ちたいんだよ。実は、前からさあ、やりたいと思ってたことがあるんだよ。やっぱり俺、会社勤めには向いてないみたいだし、そういう親父の姿を見て育ってないわけだしさあ」

「好きにしろ」

ある晩、疲れはてた頭にがんがんと話しかけられて、塚原はついにそう答えた。今はとにかく、有子の着物さえ染められれば、そこでこの仕事をやめにしても良いとまで考えるようになっていた。

「本当かよ、ねえ。親父、賛成してくれるんだね？　マジで、決心するんだね？」

息子は、塚原の返事が急に変わったことを最初は訝《いぶか》り、それから、すっかり有頂天になった表情で塚原の肩を叩《たた》いた。塚原は、重い頭をゆっくりと振り、「好きに、しろ」と繰り返した。

「――その代わり、ローンは長くなるんだからな。父さんの続きは、おまえが払っていくんだぞ」

「任せろって。家賃収入だってあるんだから、大丈夫だよ。じゃあ俺、もう会社なんか辞めて、すぐに店を出す準備に入るぜ。後から気が変わったなんて言われても、後戻り出来ないんだからな」

息子は興奮した表情で、半ば脅すような言い方をすると、足早に工房から出ていった。塚原は、息子にどんな返事をしたかをゆっくり吟味する余裕もなく、再び有子の着物へと気持ちを戻した。

翌月、塚原は白子町の型彫職人の元を訪ねた。やはり、数十年来のつき合いになる職人は、塚原の持っていった図案を見るなり、にやりと笑って「また、例の人の着物ですか」と言った。だが、塚原は愛想笑いを返すのが精一杯だった。頭の中ではもう、練抜に出して白生地に戻った着物に型づけするときの手順が駆け巡っていた。

――彼女のために染める。あの人のためだけに染める、これが俺が染める、最後の小紋になる。

思えばこれまでだって、塚原は有子の着物を染めるとき、いつも彼女の顔ばかりを思い浮かべていた。それが、誰に買われることになるか分からない小紋を染めているときとの、いちばんの違いだった。有子を喜ばせたい、彼女に気に入られたい、その一心で、いつも色糊を置いてきたのだ。届かない、報われないと分かっていながら、そうすることが、塚原の思いを伝える唯一《ゆいいつ》の手段だった。

——届いてくれ。今度こそ。

型紙が出来上がって、いよいよ型づけに入ったのは、五月も末に入ってからのことだった。その間、塚原は二度ほど有子に電話をして、いつになく仕上がりに時間がかかっていることを詫《わ》びていた。

「いいんです。今の私は、それだけを楽しみに生きてるようなものだから」

電話口で、有子はそんな答え方をした。静かで穏やかな声だが、決心が鈍っている風は微塵《みじん》もない。その声を聞いただけで、塚原は全身の力を奮い立たせた。

4

夏に入る頃、塚原染色工房は組合や問屋関係に「長期休業」の挨拶《あいさつ》状を出した。晩秋には、長年に亘《わた》って何万枚もの反物を染めてきた工房は、あまりにも簡単に取り壊され、大きな機械が入って土地を掘り返し始めた。

――終わる。俺の天職が。

塚原は、黒々と広がる地面を眺めて、背中から力が抜けていくのを感じた。時の流れは取り戻せない。それを、これほどまでに痛切に感じたことはなかった。父の代までに、少しずつ買い広げていった土地は、先祖の努力と苦労を物語るように、幾分いびつな形に広がっていた。当初は、その形を整える意味でも多少の土地を売って、その金で埼玉の北部に土地を借りて工房を開くつもりだったのだが、借地の目星がついた頃になって、沼田が持病の坐骨《ざこつ》神経痛が悪化したために、とても埼玉までは行かれないと言い出し、他の職人も、東京からは離れたくないと主張した。

「だからさ、マンションが出来上がってから再開すれば、いいじゃないか」

今や、すっかり若社長気取りになっている息子は、することもなくなって、仮住いのマンションでぼんやりと過ごすしかなくなった塚原に言った。幹線道路とまではいかないが、ある程度賑《にぎ》わっている道路に面している土地だったのが幸いだったらしい。マンションは一、二階にテナントを入れる、五階建てのものになる予定だった。その二階部分を、当分の間は工房として使用する。結局は、最初から息子の考えていた筋書き通りに、すべては運んでしまいそうな気配だった。

——マンションの二階で染める小紋なんて、どんなものになるんだかな。

女房は、工房の手伝いをしていた頃には別段文句を言ったこともなかったのだが、自由になった途端に生き生きとし始め、仕事から離れられたことを喜んだ。

「やっぱり、着物は着るものよねえ。こうして、着て楽しむものだわ」

いつもズボン姿ばかり見慣れてきた塚原の目に、和服を着ていそいそと出かけていく女房の姿は奇異に映った。娘までも、それまでは見向きもしなかったくせに、今から着こなしの練習をしておこうか、などと弾んだ声を出すようになった。

——だから、楽しませるのが、俺の天職だったんだ。

二人の女が、かつてないほどの華やいだ表情を見せるのを、むずがゆい思いで眺めながら、塚原はそんなことを考えた。味気ないマンションに取り残されて、塚原一人が呆然《ぼうぜん》としていた。何だか急に老《ふ》け込んだ気分になって、組合の仲間の誘いも断ることが多くなり、散歩だけを日課にする日々が続いた。

だが、頭から離れないことはあるのだ。

——どうなった。届いたのか、届かなかったか。

有子は、塚原が染めた着物を見たときに一瞬息を呑《の》み、ただ「結構」と呟いただけだった。そして再び現れなくなった。それは、塚原にとっては一つの賭《か》けだった。彼女は永遠に現れないかも知れない。

考えてみれば、有子がいたからこそ、この仕事を続けてこられたのかも知れない。最近の塚原はそんなことばかり考える。染の仕事を塚原の天職だと言ってくれた彼女が来なくなったとき、自分の仕事も終わる。そう思えてならなかった。

――もう、現れないのかも知れない。

老け込むにはまだ早いと分かっていながら、塚原は日々、自分の中から力が抜けていくのを感じ、冬を過ごし、春を迎えた。たまにマンションの工事の具合を見にいくと、自分の人生のはかなさを思い知らされた気がして、不覚にも涙さえこみ上げてきそうだった。

その日も、塚原は散歩の途中で工事現場に行った。これから建つものが見たいのではなく、そこにあった幻を探したかった。

「よかった、塚原さん！」

のろのろと俯《うつむ》きがちに歩いていると、懐《なつ》かしい声が耳に届いた。塚原は反射的に顔を上げて周囲を見回した。だが、二十メートルほど先にスーツ姿の女性がいるだけで、塚原有子などどこにも見えない。空耳だったのかと視線を戻そうとしたとき、だが、塚原はぎょっとなって再びその女性を見た。生まれて初めて見る、洋服姿の有子が、笑顔で手を振っていた。彼女は塚原の方に小走りで近づいてくると、晴れやかな笑顔で「やっと逢《あ》えたわ！」と言った。塚原は途端に緊張し、半ば信じられない思いのまま、彼女の笑顔の奥にあるものを探ろうとした。

「どうしてもね、お礼を言いたかったの、お願いしたいこともあったし。そうしたら、ほら、取り壊されてるじゃない？ 何度か来てみたんだけど、私、すっかり途方に暮れてたのよ」

そして、彼女は手に提げていた紙袋を差し出して、「これ」と言った。

「おかげさまで、私、こんなに元気になったわ。だから、工房が再開されたらね、普通の小紋に染めてくださいな。自分で持っていたくないから、それまで預かっておいていただきたいの」

塚原は、早口に話す有子を、夢でも見ている気分で見つめていた。もっと細かい話をしたかった。だが彼女はスーツの袖口《そでぐち》からのぞいていた金の時計を見ながら「時間がないのよ」と眉《まゆ》をひそめた。

「私、仕事を始めたの。働くって、こんなに楽しいと思わなかった。もっと早く決心していれば良かったと思って。ああ、塚原さん、先月の新聞記事なんて、覚えていらっしゃる？　七日なんだけど」

「ええ、ああ——いや」

そこで、有子はくすくすと例の笑みを洩《も》らし、「あったら、ご覧になってね」と言った。

「心配なさらないで、仕事のときに和服は着られないっていうだけだから。また、うかがうわね」

それだけ言い残すと、有子は丁寧に頭を下げて、さっさと踵《きびす》を返して行ってしまった。塚原は少しの間、ぼんやりとその後ろ姿を見送った。

帰宅してから、塚原はまず先月の新聞を探し出した。外出の多くなった女房は、古新聞もため込んでいたから、先月の七日の新聞はほどなく見つかった。どこを見ろと言われたのか分からないまま、ぱらぱらと紙面をめくるうち、「会社役員、無理心中」という見出しが目に飛び込んできた。

五十六歳になる会社役員が、二十六歳のＯＬのアパートで首を吊《つ》って死んでいた、アパートの住人であるＯＬは、すぐ傍で首を切られてやはり死亡しており、警察では無理心中の疑いが強いと見ているという内容の、小さな記事だった。

——そう受け取ったか。俺の気持ちは、届いていた。あの人は、こうしてあの笑顔を取り戻したか。

塚原は、ほうっと息を吐き出し、しばらくの間、目の前の壁を見つめていた。それから、ゆっくりと有子の持ってきた紙袋に手を伸ばした。中から出てきたのは、塚原が何日も寝ないで考え、有子に自分の思いのすべてを届けたいと祈りながら染めた着物だった。それは、流れるような縄目模様と握り鋏《ばさみ》が図柄として染められた、鈍色《にびいろ》の地の小紋だった。

氷《ひ》雨《さめ》心中

1

風が一渡り吹き抜けていく。例年ほどに乾いてもおらず、黄金色に輝いても感じられない風は、春山敬吾《けいご》の視界に広がる田の、頭《こうべ》を垂れそこなった稲を不景気にそよがせて、心なしかその音さえも、ばさばさと、不揃《ふぞろ》いに聞こえる気がした。

中身のない稲穂など、早く刈り取ってしまおうということなのだろう、敬吾の暮らす村では、例年よりもずいぶん早く、虚《むな》しい収穫の季節を迎えていた。あちこちの田から聞こえるハーベスターやコンバインの音も、悲しげに天に向かって響く。

「今年は俺も、出稼ぎに行かなきゃならねえことになった」

村を流れる川の土手に寝転がりながら、敬吾は溜息《ためいき》混じりに口を開いた。一時間だけという約束で、勤め先の洋品屋から呼び出した坂下朋美《ともみ》は、敬吾の隣に腰を下ろしていたが、敬吾の言葉にわずかに動いたのが気配で察せられた。

「だけど、都会も不況なんでしょう？　他でも出稼ぎの話はしてるけど、今年はどこも、なかなか決まらないってよ。毎年、行ってる家でさえ、今年は断られたところがあるって」

敬吾は頭の下で組んでいた腕を解き、右手を彼女の丸い太股《ふともも》に伸ばした。その上に、朋美の温かくてふくよかな手が重ねられる。九月に入って、高く見え始めている空には、今更のように入道雲が湧《わ》いていた。

「豊田の守川って家、知ってるか？」

「守川——豊田の橋、渡って、山の方に行ったところの家？」

朋美の言葉に、敬吾は空を見上げたまま小さく頷《うなず》き、一つ深呼吸をした。

「あそこの爺《じい》さんが、仕事の世話、してくれるっていうんだ。俺は全然知らねえ人だけどな、うちの死んだ祖父《じい》ちゃんの友達だったんだって。ひょんなことから、山中の兄さんが、話を持ってきてくれた」

わずかに首を捻《ひね》って朋美の方を見れば、敬吾の目は、彼女のトレーナーの胸元を捉《とら》える。服の上からでも、丸くて大きいと分かる、敬吾の大好きな朋美の白い胸が思い浮かんだ。

「敬ちゃんのお祖父ちゃんて、うんと昔に亡《な》くなったんでしょう？」

「昔も昔、戦争が終わって、間もなくだ。だから、親父《おやじ》たちは、守川の爺さんていえば知らねえこともなかったみたいだけど、俺なんかは、もう全然関係ねえからさ。向こうの爺さんだって、『春山吾吉《ごきち》に孫がいたのか』って驚いたらしいもんな」

敬吾は、張りのある朋美の股を撫《な》でながら、「その、守川の、爺さんっていうのが」と続けた。

「杜氏《とうじ》をしてるんだと」

「杜氏？」

「日本酒を造るさ、職人の親分みたいなやつ。俺も、よくは知らねえけど、その蔵の、酒の味を決める人だってさ」

「あのお爺さんが？　ただの、しょぼくれたお爺ちゃんにしか、見えないのに」

守川の爺さんは、戦前から毎年、秋から春にかけての農閑期に、神奈川県の造り酒屋に行っているという話だった。そして敬吾の祖父も、生前は同じ酒蔵に行っていたらしい。

「そこにさ、俺も行かないかって。半年間」

「造り酒屋で、働くの？」

朋美が大きく姿勢を動かしたので、敬吾の手は彼女の手と太股の間からするりと滑り落ちた。再び、頭の下で腕を組んで、敬吾は自分が口にした「半年」という月日のことを考えてみた。以前は敬吾だって都会で暮らしたいと夢見ていた時期がある。だが、村や実家だけでなく、この朋美からも離れるのが、今は気がかりだった。

「——人手が足りてねえんだそうだ。建築現場の仕事ほどは、金はもらえないみたいだから。だけど、その分、生命の危険はないし、気に入れば、毎年行けるようにもなるらしい」

朋美は「ふうん」と言ったきり、黙り込んでしまった。鼻先を、風が吹き抜けていく。こうして土手の草むらで寝転んでいるだけでも、何となく背中から湿気が伝わってきそうな、それが今年の陽気だった。

「——淋《さび》しいな」

やがて、朋美が、ぽつりと呟《つぶや》いた言葉は、ひどく頼りなく風に流されていった。敬吾は思わず胸の奥が疼《うず》くのを感じながら「しょうがねえよ」と答えた。

「兄貴は勤めてるんだしな、ゆくゆくは、田圃《たんぼ》の方は全部、俺に任せたいみたいなこと、言ってるし。それで、こんな程度しか収穫出来ない年に、俺が出稼ぎに行かねえってわけに、いかねえよ。だろう？」

敬吾は、大きく身体《からだ》を捻って腹這《はらば》いになると、朋美を見上げた。少しばかり垂れ気味の、細い目をした朋美は、低い鼻の下の小さな口元をきゅっと閉じて、そっと溜息をついている。

「俺だって、気持ちは一緒だって。こんな年になるんだったら、もっと早く――何とかしておきゃあ、よかったと思ってさ」

「何とか？」

「だから――朋美とのことさ。ちゃんと、親にも話して――俺たちの気持ちは、もう決まってるんだし」

朋美は一瞬、細い目を精一杯に見開いて、わずかばかりはにかんだ表情になった。

敬吾は改めて、朋美のむっちりとした股に手を伸ばした。

「浮気、すんなよ」

「敬ちゃんこそ」

少しばかり恨めしげな表情の朋美に向かって、身体を動かしかけたとき、土手の道を一台の軽トラックが走ってきた。敬吾たちの傍まで来ると、トラックはスピードを落とし、運転席の窓から青年会の山中が顔をのぞかせた。

「こんなところに、いたのかよ。敬吾！　守川の爺《じ》っさまんところに挨拶《あいさつ》に行くぞ！」

「あ、ただいまっ！」

慌《あわ》てて跳ね起きると、敬吾は尻《しり》の草を払った。

「とにかく、帰ってきたら、きちんとするからよ」

拍子抜けしたような、ぽかんとした顔の朋美を見下ろしながら、敬吾は声をひそめて言った。朋美は、何か言いたそうに口を開いたが、やがて小さく頷いた。

「――まだ、建築現場よりは、心配じゃないしね」

「だから、俺も決心することにしたんだ。それよか、なあ、本当だぞ。浮気なんか、すんな」

「この辺に、敬ちゃんよりもいい男なんて、いないって」

朋美の言葉に、敬吾は思わず笑顔になり、彼女の丸い頬を軽く叩《たた》いた。そして、土手の上からの「早く来いっ」という声に急《せ》かされて、草の斜面を駆け上がった。

「どんな人ですか、守川の爺さんて」

山中の軽トラックに乗り込むと、敬吾は相手に冷やかされる前に口を開いた。敬吾の兄と同年の山中は、農村青年会の先輩ということもあって、何かというと敬吾をからかったり、子ども扱いしたりする。

「どんなって、まあ、普通の爺さんだ」

敬吾の祖父は、敬吾の父親が幼い頃に死んだと聞かされている。だから、敬吾には祖父の記憶などあろうはずもない。仏壇に置かれている古びた写真の祖父は、「祖父ちゃん」と呼ぶには気の毒な程の青年だったし、敬吾は幼い頃、どうしてこんなに若い人が自分の祖父なのか、どうにも納得出来なかった記憶がある。今は亡くなったが、腰も曲がり、皺《しわ》だらけになっていた晩年の祖母が、あの青年と夫婦だったということすら、不思議に思えてならなかった。

「煙草《たばこ》、持ってるか」

「あ、ただいまっ」

山中に煙草をせがまれて、急いでポケットに手を入れながら、敬吾はこれから会おうとしている老人のことを考えた。生きていれば、敬吾の祖父も同じような老人になっただろうか、生前の祖父の話を聞くことが出来るだろうかと考えると、出稼ぎ云々《うんぬん》のことよりも、その老人の方に興味が湧いた。

2

九月も末になって、結局、敬吾は神奈川県の箱根に近い土地にある小さな酒蔵に、蔵人《くらびと》として出稼ぎに行くことになった。

「電話、くれるよね？」

出発の前夜、村からだいぶ離れた街のホテルで、朋美が敬吾にしがみつきながら言った。

「するさ。だけど、朝が早い仕事だっていう話だから——ペースが摑《つか》めるまでは、どうなるのか、よく分からねえんだよな、まだ」

「でも、電話くれなきゃ、いやだからね」

涙をこらえる声で言われて、敬吾は何度も「ああ、ああ」と繰り返しながら、彼女の黒い髪を撫で続けていた。朋美が不安に感じる気持ちも、分からないではない。敬吾たちの村では、過去に、出稼ぎに行ったきり戻ってこなくなった男が数人いた。今となっては捜しようもなくて、残された家族は、テレビで大都会の路上生活者などが映るたびに、身の縮む思いでいるという話だった。

「ちゃんと、帰ってきてよ」

「当たりめえだ」

敬吾だって都会に出たら、どういう理由で、故郷を捨てることになってしまうかも知れない。自分の身に何が待ち受けているか、まるで予測がつかない。都会とは、そういう場所なのだろうと、敬吾はぼんやりと考えていた。

「お正月は、帰って来られるんでしょう？」

「多分、な。守川の爺さんが、どう言うか、だけど」

それに、往復の運賃のことを考えると、そうそう簡単には戻ってこられないだろう。何しろ、自分は働きに行くのだ。観光や遊びで行くわけではない。

「いや。お正月くらい、帰ってきてくれなきゃ、いやよ」

朋美は切なそうな声で言うと、敬吾の肩に顔をこすりつけてくる。それは、敬吾だって同じ気持ちだった。この肌に、あと半年も触れられないのかと思うと、いたたまれない気分になる。

「電話もするし、正月も出来るだけ戻ってくる。だから、待っててくれよ、な？」

耳元で囁《ささや》くと、朋美は子犬のように鼻を鳴らした。

「怪我《けが》、しないでね」

「そういう危険は少ないってよ」

「病気もね」

「俺は、頑丈だけが取り柄だから」

「浮気もよ」

「しねえって。大丈夫だ」

朋美の肩を抱き寄せながら、敬吾は自分の方がよほど不安なのだと言いたかった。何しろ、山中に連れられて挨拶に行ったときの、守川の爺さんの反応一つを考えてみても、そう楽観できる雰囲気ではなかった。爺さんは、敬吾の顔などまともに見ようともせず、かつての友人の孫になど、まるで興味もないという雰囲気だったし、ろくに口も利《き》いてはくれなかったのだ。多少なりとも、死んだ祖父の話を聞けるのではないかと楽しみにしていたのに、彼が言ったのは「五十年近くも昔のことだ」という一言だけだった。あとは、無表情に座っているだけの爺さんを見て、敬吾は彼が惚《ぼ》け始めているのではないかとさえ思ったほどだ。

——あんな窮屈な感じの爺さんと、これから半年も寝起きを共にしなきゃなんねえんだもんな。

「半年も敬ちゃんに会えないなんて、考えられないんだもの——淋しくて、死んじゃうかも知れないんだから」

「よせよ。笑顔で『いってらっしゃい』って、言ってくれねえのか？」

それに不安はまだまだある。もしかして、これから毎年、一年の半分は離れて暮らすようなことになってしまったら、朋美は愛想を尽かすのではないだろうか、ということだ。やはり、農家に嫁ぐのは嫌だと言い出しはしないか。そんな思いばかりがこみ上げてくる。

「戻ってきたら、俺たちのことも、ちゃんとしような」

これは、早く所帯を持って、子どもでも作った方が良いに違いない。自分に言い聞かせるようなつもりで囁くと、朋美は何度も頷いた。彼女の髪の匂《にお》いが、敬吾の中に染《し》み込んでいった。

そして、敬吾の酒蔵での生活が始まった。敬吾の中では、神奈川といえば東京の隣で、横浜などのある都会だというイメージがあったのだが、そこは普通の田舎町だった。少し行けば厚木、伊勢原などという街に出るらしいが、とにかく山が迫ってきている、のんびりとした土地だ。

「ここでは、地下水を汲《く》み上げて、酒を造ってる。丹沢山系の水だ」

酒蔵に着くと、守川の爺《じい》さんのことは「親方」と呼ぶことになった。故郷の家にいるときとは違って、何だか急に矍鑠《かくしゃく》として、偉そうに見えるようになった爺さんは、敬吾よりも早く到着していた。まずは酒蔵の主人に挨拶をした後、一通り建物を案内されて、それから「ヒロシキ」と呼ばれる休憩室に通される。そこには、これから半年の間、共に働く三人の男がいた。一人は親方と同年代、あとの二人も、敬吾の父親に近い年齢に見える。

――あんまり、盛り上がらねえな。

それらの人々は、自分たちをそれぞれ麹屋《こうじや》、酛廻《もとまわり》、釜屋《かまや》と名乗った。要するに、日本酒を造っていく、それぞれの段階での責任者ということらしかった。麹屋とは、蒸した米を室《むろ》に入れて麹を作る段階、酛廻は蒸米、麹、水を仕込んで酒母《しゅぼ》とも呼ばれる酛を作る、そして、釜屋とは、すべてのもととなる米を蒸す段階での責任者ということだ。

「本当はな、他にも頭役だの二番だの、船頭、働《はたらき》と、色々な名前があるんだが、こうも人手が足りないと、それぞれが兼ねてやる場合の方が、多くなってきてな」

親方に「よもさん」と紹介された、麹屋の四方山《よもやま》という老人が、諦《あきら》めたような穏やかな表情で口を開いた。

「酒どころって呼ばれてるような土地の、有名な酒蔵ならともかく、ここは、田圃を持ってるわけでもねえし、そんなに手広くやってるってわけでもねえから」

「とはいうものの、昔はなあ、ここだって、もっと働き手はいたんだ。人手が足りなくなったから、自然と、造る酒も減ってきた」

よもさんの後を引き受けたのは、須藤《すどう》という釜屋の男だった。さらに酛廻の通称かねさんが「出稼ぎは、初めてかね」と口を開いた。

「うちのところも、今年は凶作だったもんで」

敬吾は、父親のような男たちに囲まれて、奇妙にかしこまった気分で曖昧《あいまい》な笑みを浮かべた。親方と呼ぶことになった守川の爺さんは、ヒロシキの上座に座り、黙ってそれぞれの話に耳を傾けているだけだった。その座る位置と一人だけ座布団《ざぶとん》のあるところが、杜氏《とうじ》の絶対的な立場を物語っていた。

明日からは、まず蔵全体の清掃と消毒をしなければならないということだった。釜開きまでの準備とは、半年間使っていなかった用具の洗浄、手入れから始まり、ささやかでも良い酒が造れるようにと神様に捧《ささ》げものをして、お祓《はら》いをしてもらうことまでを言うのだそうだ。

「若いのが入ったから、ちったあ楽になるな」

よもさんに言われて、敬吾は、こんな人たちに囲まれていたら、力仕事は一手に引き受けることになるのだろうかと、少々うんざりする気分になった。

――朋美、どうしてる。俺は、とてもじゃないが、浮気なんか出来るとは思えねえようなところに来た。

今夜はのんびりと過ごそうということになり、日暮れから酒蔵の主人が用意してくれた料理で、小さな宴会が始まった。もともと人なつこい質《たち》の敬吾は、じきに蔵人たちとも、酒蔵の主人とその家族とも打ち解けた。

「うちの蔵の酒も、全国的に有名ってわけじゃあねえけど、しぼりたては、旨《うま》いぞ。あんた、酒は好きかい」

川原田という酒造会社の社長は、六十前後の、つるつるに頭の禿《は》げた男だった。彼は久しぶりに若い蔵人が入ったことを、ことのほか喜んでいる様子だった。

「日本酒は、あんまり飲まないです」

「最近はブームになってきたじゃないか」

「でも、そう旨いと、思わないんですよね」

「だったら一度な、しぼりたての酒を飲んでみると、いい。旨い酒は、本当、旨いぞ。ビールやウイスキーなんかより、日本人と、日本の料理に合うように出来てるんだ。なあ、親方」

社長に呼ばれるときだけ、守川の爺さんは「はあ」とか「へえ」とか返事をする。だが、ほとんどのときは、彼はひどく物静かで、自分一人の世界に入っている様子だった。

――杜氏だからな。偉いから、簡単には喋《しゃべ》ったり、しねえのかな。

敬吾は、まるで別世界の生き物のように感じられる爺さんを、密《ひそ》かに観察していた。

「うちもなあ、親方に無理を言って毎年、来てもらってはいるが、親方が引退するってえと、その後はどうするか、頭の痛い問題だ」

社長は苦笑する顔で言いながら、ちらり、ちらりと守川の爺さんを眺めている。会社でいちばん偉いのは、もちろん社長に違いない。だが、彼が明らかに蔵人の長である杜氏に気を遣い、一目置いているのは、見ていて興味深いものがあった。故郷ですれ違えば、ただの農家の老人なのに、一年の半分は、彼はまるで別人の顔を持っているようなものだ。二つの人生を歩んでいるのと同じだ。

――この仕事が嫌いじゃなかったら、俺、続けてもいいかもな。

まだ、仕事の内容を何一つとして理解もしていないのに、敬吾はふとそんなことを思った。

麹屋のよもさんが、しょぼしょぼとした目でこちらを見た。

「うちは、どの辺りだね、親方ん家《ち》の近くかい」

「富並《とみなみ》ってとこなんですけど」

「富並の、春山?」

よもさんは、何か考える顔になり、少しの間、首を傾《かし》げている。

「富並の春山っていったら――あれ、親方、もしかして」

「吾吉の、孫だそうだ」

しばらく口を閉ざしていた親方が、淡々とした表情で答えた。よもさんは「へえっ」と驚いた声を上げて、改めて敬吾を上から下まで眺め回した後、もう一度「ほうほう」と言った。

「そういやあ、どっかで見たことがあるような気がしたんだ。そうかね、吾吉《ごき》っつぁんの孫かい」

「よもさん、うちの祖父《じい》ちゃん、知ってるんですか」

「知ってるともさ。俺だって、戦前からこっちに来てるからなあ。昔は、親方と俺と、おまえの祖父さんとな、三人で来てたんだ」

敬吾が身を乗り出しかかったときだった、親方がすいと立ち上がった。

「明日から早えぞ。そろそろ、寝た方がいい」

その一言で、宴会はお開きになった。敬吾は、親方以下の中でいちばん若い、とはいっても、もうすぐ五十になろうとしている釜屋の須藤と風呂《ふろ》を使い、ヒロシキの隣の部屋で眠ることになった。何とかして朋美に電話をするタイミングをはかりたかったのに、蔵に隣接して建っている古びた建物は、階段の上り下りにも気を遣うほど床が軋《きし》み、結局、その晩は敬吾は何もすることが出来なかった。

蔵での生活が始まると、敬吾はすぐに「何が楽な仕事なものか」と思うようになった。釜開きまでの数日間は、清掃に明け暮れて、それだけでもう、へとへとになってしまったのだ。普段使っていない筋肉を酷使し、雑菌という敵に負けないように、とにかく蔵の隅々から仕込み道具のすべてに至るまで、清掃と消毒を繰り返す作業は、それまでの生活とはあまりにもかけ離れていた。

「怪我はしないけどなあ、疲れるわ」

ときどき、朋美に電話をすると、敬吾は必ず愚痴をこぼした。電話の向こうの朋美は、懐《なつ》かしい声で相槌《あいづち》を打ちながら、どんな話でも聞きたがった。

「遊びになんか、行ってないの？」

「そんな暇、ありゃあしねえよ。若いのは俺一人なんだから、こき使われてるって。休みの日なんか、ひたすら眠りっぱなしだ」

元々、農家の朝は早いものだが、酒の仕込みが始まったら、朝は五時前から起こされるらしいと言うと、朋美は「大変だわ」と溜息《ためいき》混じりに言った。

3

「まあ、楽して金なんかもらえねえってことだな」

「早く終わるといいねえ」

「ああ。朋美に会いてえよ」

夜の時間帯とはいえ、神奈川と山形だった。テレホン・カードの度数は面白いほど早く減っていく。風呂上がりなどの、ほんのわずかな時間を利用して女に電話ばかりしているところを、蔵人《くらびと》たちに見られたくもなかったし、一枚のテレホン・カードでなるべく何回も電話をしたかったから、敬吾はいつも、朋美が「ああん」「もう?」と不満を洩《も》らすほどにあっさりと電話を切った。そして、男たちのいびきに囲まれて、味気ない部屋で眠りにつく。こんな乾いた日々が、半年も続くのかと思うと、切なさで身をよじりたいほどだった。

そんな敬吾の思いとは関係なく、釜開きの準備は着々と進み、やがて米倉には精米された米が運び込まれて、ネズミよけのためのサイレンのような音が響くようになった。キーン、キーンと鳴る音は、ネズミばかりでなく人間だって十分すぎるくらいに不快を感じる音だった。

「今年は、これだけかき集めるのでも大変だったよ。造らないっていう蔵も、あるようだ」

やはり、酒米も不作だったのだろう。倉に積み込まれていく米を見上げながら、社長はやれやれという口調でそんなことを言った。

予《あらかじ》め、精米業者の手によって、八〇パーセントから三五パーセントまで精米された、山田錦《やまだにしき》や五百万石などという種類の酒米は、川原田酒造で出している様々な酒の、醸造、本醸造、吟醸、大吟醸、有機米吟醸などという種類によって使い分けていくという。玄米の外層に含まれる脂肪や蛋白質《たんぱくしつ》が、酒の風味を損なうもとになる微生物の増殖を招くことから、最高で三五パーセントにまで精米し、心白という、米の中心にある澱粉質《でんぷんしつ》の部分だけを使う酒がもっとも良い酒になるのだという説明を、敬吾はいちいち感心しながら聞いた。そして最後に、地下水を汲み上げている井戸や釜場を塩と水とでお清めをして、すべての準備が整った。十月に入ると、いよいよ酒造りが始まった。近所からも、桶《おけ》や笊《ざる》を洗うためのパートのおばさんたちが集まってきた。

早朝、六時半には、敬吾たちはまず前日に洗米を済ませておいた米を巨大な甑《こしき》で蒸すことから始める。

「バーナーに火を入れろ」

親方の声を聞くだけで、敬吾は妙に緊張するのを感じた。最初に洗米を教わった段階で、敬吾の親方を見る目は変わった。洗米は、米の種類や精米の度合い、その日の水温によっても、米を水に浸す時間に微妙な違いが出るのだそうだ。その指図をするのは親方の仕事だった。水に浸してある米をすいと掬《すく》って様子を見ている親方を眺めて、敬吾は内心で舌を巻いた。

「汗、かくぞ。覚悟しろ」

釜屋の須藤は痩《や》せて小柄な男だった。実際に釜場での作業が始まったとき、敬吾は、須藤は毎年この作業を続けているうちに、体内の水分を絞りきってしまったのではないかと思ったくらいだった。彼の言葉通り、米を蒸すという作業は、とにかく暑くて大変な重労働だったのだ。

洗米では、とにかくふんだんに水を使う。厳寒の季節になったら、さぞかし辛《つら》い作業になるだろうということは、容易に察しがついた。いくら神奈川とはいっても、山の迫っている土地のことだ。冷たさに手が痺《しび》れてきたら、湯で温めながら作業を進めるのだと説明されて、敬吾はうんざりした気分になった。それが、蒸米を作る段階では汗だくになる。早朝から、汗をかいたり全身が冷えたり、それだけでも疲れる話に違いなかった。

「もう、そりゃあ、暑いのなんのって」

朋美に電話をする度に、敬吾は報告した。

「考えてみりゃあ、当たり前だよな。蒸し上がった米の上に入るんだから、こっちまでシュウマイみたいに蒸されちまう気分だよ」

「やだ、敬ちゃんのシュウマイなんて」

朋美は、意識的に明るい声を出そうとしている様子だった。彼女の軽やかな笑い声を聞くときだけ、敬吾の乾いた心はわずかに潤《うるお》いを取り戻した。

およそ四十五分ほどかけて蒸し上がった米は、今度は放冷機に入れて冷やす。その、米を放冷機に移す作業が、もっとも汗をかく仕事だった。

「米がくっつかないように、手早く済ませなければ、ならねえぞ」

一緒に甑に入りながら、須藤は、正確には「ぶんじ」と呼ぶらしいスコップを黙々と動かす。もうもうと立ち昇る湯気の中での作業は、サウナ以上の発汗を促した。

――朋美。おまえもいっぺん、やってみるといいな。そうすりゃあ、少しは痩せるだろう。

蒸し上がった米の白さは、朋美の肌の白さを思い起こさせる。敬吾は、電話でそんなことを言ったら、彼女は丸い頰を余計に膨らませることだろう、などと考えながら、必死でぶんじを動かした。

「おう、若いの。米倉に行くぞ」

何をするにも人手が足りない。だから、敬吾は方々から呼ばれ、広い蔵の中を一人で走り回るようになった。

「はい、ただいまっ」

「よう、敬吾、ホースをつなげ」

「あ、ただいまっ」

誰もが親方に一目置いている。それが、敬吾にはよく理解出来るようになっていた。

「今どきの若いのにしちゃあ、珍しい。さすが、親方だ」

「やっぱり、若いなあ。呑《の》み込みも早えし、力もあるわ」

「最初から、飛ばすなよ。後で、くたびれっから」

皆に声をかけられながら、敬吾はとにかく仕事の段取りを覚えていくだけで精一杯だった。

蒸した米は、その二割を麹室《こうじむろ》に運び入れ、種《たね》麹を植えて麹を作る。一定の温度に保たれて、丸二日ほどかけて麹を作るための部屋の責任者が、よもさんだった。

「ここは、暖かくていいですね」

古い木で作られた室に足を踏み入れると、敬吾は嬉《うれ》しくなってよもさんの後をついて歩いた。

「そうも、言ってられねえぞ。ほれ」

よもさんが壁を指すから、敬吾もつられて視線を移した。そこには黄ばみかけた紙に「酸欠注意」と書かれていた。そういえば、蔵にはそこここに同じ言葉を書いた紙が貼《は》られている。ひんやりと風通しの良い場所で、どうして酸欠になるのだろうかと思ったが、発酵の段階で炭酸ガスが出るのが原因だと説明されて、納得した。

「第一、この室は密閉されてるだろうが。扉は二重になってるしな、そうそう長い時間、いられる場所じゃねえってことだ」

よもさんに教わりながら、敬吾は「盛《も》り」という作業を行った。麴菌が米の芯《しん》までしっかり入り込むように、適温まで冷めた米を解《ほぐ》しながら盛る作業だ。よもさんの真《ま》似《ね》をする敬吾の傍に、親方は時折、黙って立つ。敬吾は緊張しながら、ひたすら身体《からだ》を動かした。

「一麴二酛《もと》三造りってな」

それが、酒の味を決める大切な要素なのだと説明され、敬吾は自分が徐々にとても大切な仕事をしている気分になっていった。米を作るのには、収穫の楽しみがある。だが、酒造りは、その米をもとにして、もっと早く結果を見ることの出来る、不思議な作業だった。

——確かに俺、嫌いじゃねえな。

半年も同じ仕事ばかりをしていては、そのうち飽きてしまうのではないかと思ったが、その心配はなさそうだった。

「若いの。酛《もと》摺《ず》り、するぞ」

「あ、ただいまっ」

蒸米の残りに出来上がった麹と水、酵母を使って酒母を作る作業が酛摺りだった。これも蒸米同様、また骨が折れる。朝の八時には、タンクに蒸米を入れ、夕方には荒《あら》櫂《がい》と呼ばれる、タンクの中身を上下に混ぜ回す作業をするのだ。二回目は、夜の八時頃、それぞれ百から二百回ずつ搗《つ》く作業は、見た目ほどには楽ではない。

「でかい蔵ではな、皆で歌を歌いながら、やるらしいけどなあ。ここで、一人で歌ってたって、馬鹿《ばか》みてえなもんだが」

酛廻のかねさんは、普段は無口な男だったが、時折愛嬌《あいきょう》のあることを言う。毎日、同じ作業を行ううちに、タンクは幾つも並び始め、古いものから順に発酵を進めていく。初めのうちは白いあぶくがぽつり、ぽつりと湧《わ》き始める程度だが、二週間もたつ頃には、タンクの口近くにまで白い泡が盛り上がる。その頃になってようやく、蔵には微《かす》かな酒の匂《にお》いが漂い始めた。

そして、いよいよ仕込みが始まる。大きなタンクに、出来上がった酛、麴、蒸米、水を仕込んで、いよいよ醪《もろみ》になっていくのだ。

「ああ、早く出来ねえかなあ」

三メートル近くも高さのある巨大なホウロウのタンクは、ちょうど二階建ての床を突き抜けるような形で置かれていた。梯子《はしご》のような階段を昇って、二階の床に上がると、やっとタンクの中を覗《のぞ》き込めるという具合だ。その巨大なタンクの中で、およそ二十五日間もたつと、醪が出来上がるのだと聞いて、敬吾は心の底から、その日が待ち遠しいと思った。こんなふうにして酒が出来ていくところを、朋美に見せてやりたいと思う。何を見ても感心する癖のある朋美ならば、きっと驚いて細い目を精一杯に見開くことだろう。

最初の酒の仕込みを終えた夜、敬吾は朋美に電話をして、そんな話をしてやった。

「建築現場でもな、自分が働いた建物が出来上がるってのは嬉しいもんだというけど、酒もそうだ。何しろ、米粒のときから触って、見てるんだもんな」

朋美は「だからね」と言った。

「何が」

「だって、最初の頃ほど、電話をくれなくなったもの。敬ちゃん、お酒造りに夢中になってるんだ」

朋美の言葉に、敬吾は思わず笑ってしまった。遊んでいないのだから、心配などする必要もないと言っているのに、朋美は酒にまで嫉妬《しっと》をするつもりらしい。

「帰るときにはな、土産に持ってってやるから。俺が造った酒」

「だって、杜氏《とうじ》は守川のお爺《じい》ちゃんじゃない」

「親方は、立派だぞ。そっちにいるときとは別人みてえなんだから」

それから少しの間、敬吾はわざと拗《す》ねている口調の朋美をなだめ、とにかく元気だから心配はするなと繰り返し言って電話を切った。

4

十月は瞬《また》く間に過ぎ去り、十一月に入ると、最初に仕込んだ酒が十分に発酵し、醪に変化し始めた。夜、仕込み蔵の隣の、ヒロシキや事務所のある建物で寝ている敬吾たちの耳には、さあ、さあという、小雨の降るような音が届き始めた。

「醪の、発酵する音だ」

最初のうち、朝になっても雨の降った形跡がないことに、しきりに首を捻《ひね》っていた敬吾に向かって、親方はぼそりと説明してくれた。酒母と蒸米、麴と水を加え、三段階に分けられる仕込みを終えた酒のもとは、巨大なタンクの中で糖化と発酵を繰り返す。近くに寄って見れば、米はわずかな対流を繰り返しながら、絶えず動き回り、小さなあぶくを放出し続けているのが、はっきりと見て取れた。そのときの音が、近くからではふちふち、ふちふちふちというように微かに聞こえるのだが、無数の音がホウロウのタンクの中で響いて、まるで雨が降るように聞こえてくるのだった。

「生きてるって、感じですよね」

「ああ、酒は生きてる」

親方の采配《さいはい》で、常に一定の温度に保たれている蔵の中で、静かに対流を繰り返している米を眺めながら、敬吾は嘆息を洩らした。こんなに手間暇をかけて出来る酒が、まずいはずがないという気がした。

——その全部の責任者が、杜氏だもんな。

数日後、熟成を終えた醪は圧搾機《あっさくき》に移された。古い蔵では、酒を搾《しぼ》る時には今でも槽《ふね》と呼ばれる器具を用い、手作業で行われるという話だが、川原田酒造では、そこまでの拘《こだわ》りは抱いていない様子で、数年前に機械を入れたという話だった。

「——出た！」

最初の酒が出てきたとき、敬吾は思わず歓声を上げてしまった。生まれて初めて関わった、新酒の荒走りだった。

「もう少し寒くなったらな、もっといい米で、旨《うま》い酒の仕込みを始める。こんなもんじゃ、ねえんだからよ。そうしたら、楽しいぞ」

しぼりたての新酒を飲んで、すっかりはしゃいでいる敬吾に向かって、かねさんは笑いながらそんなことを言った。そして、旨い酒から分離された酒粕《さけかす》さえあれば、自宅でも旨い濁酒《どぶろく》が造れると教えてくれた。

早起きにも慣れ、仕事の手順も呑み込めてきて、敬吾はこの仕事が本当に嫌いではないと思うようになっていた。やたらと水浸しになるし、汗もかく、労働としては決して楽なものではなかったが、米作りにばかり関わってきた自分には、その米が新たに変身して酒になる様は、いかにも興味をそそるものだった。

「なあ、若いの」

ある日、室に入ってよもさんの手伝いをしていると、目のしょぼしょぼとした老人は、ぽつりと口を開いた。

「祖父《じい》ちゃんのことは、何か、聞いてるかい」

「俺は、まるっきり聞いてないんですよね。この仕事するって決めたとき、親方から何か聞けるかと思ったけど、親方は『五十年近くも昔のことだ』って。そう言われりゃあ、それもそうだから」

よもさんにならって、常に室温を三十四度に保っている室の中で麹米を盛りながら、敬吾は軽い口調で答えた。親方の近くにいるときは緊張するが、親方と同年代でもよもさんの方は、もっと雰囲気が柔らかくて親しみやすい。敬吾は、よもさんと並んで仕事をしていると、祖父というのはこんな存在だったのではないだろうかと思うことがあった。

「そりゃあ、違うな」

その、よもさんが難しい顔でちらりと敬吾を見た。敬吾は、老人のしょぼしょぼとした目元を覗き込み、「は？」と間の抜けた返事をした。

「親方が吾吉っつぁんの、おめえの祖父ちゃんのことを、忘れるはずが、ねえ」

「でも、親方は――」

「大方、思い出すのも辛《つら》かったっていうところだろうよ」

麹米を盛る台に向かって前屈《かが》みになって作業していた敬吾は、ゆっくりと背筋を伸ばしながら、「それに、おまえさんは、まあ、よく似てるわな」というよもさんの声を聞いた。

「忘れてたことだって、いっぺんに思い出すだろうよ、おまえさんを見てたら。俺だって、吾吉っつぁんのことなんかぁ、ずいぶん忘れてたものな」

祖父の死に、何か特別な理由があったとは、敬吾は聞かされていない。だが、思い出すのも辛いとは、ただごとではない表現に違いなかった。敬吾は、室の二重扉をちらりと見て、誰も入ってくる気配がないことを確かめると、「よもさん」と声をひそめた。

「忘れられないって、どういうことですか」

よもさんは、相変わらずしょぼしょぼとした目つきのままで、仕事の手は休めずに、ぽつり、ぽつりと話し始めた。

「三人の中ではな、俺がいちばん年下だったな。初めて、この蔵に世話になったときにゃあ、俺は十七、いや十六歳だった」

戦前は、この酒蔵の杜氏をしていたのは、守川の爺さんの父親だったという。その父親に従って、守川の爺さんと敬吾の祖父、それによもさんは、毎年秋になると、この蔵に働きに来ていた。その頃、親方と敬吾の祖父である吾吉は親友同士で、寝起きから風呂《ふろ》に入るまで、何をするにも一緒という具合だった。

「親友だったんですか。親方と、うちの祖父ちゃん」

敬吾は、目を丸くしてよもさんを見つめていた。それならば、忘れるはずなどないと思った。

「どういうかなあ、持ち味も性格も、まるで似つかねえんだが、馬ぁ、合ってたんだろうな。凸凹《でこぼこ》コンビってえとこで、一人、年下の俺は、羨《うらや》ましかったもんだ」

「凸凹、コンビ」

「まあ、何もかも一緒ってわけにはいかないところも、あるにはあった。吾吉っつぁんは、昭和十八年だったかな、嫁をもらってたが、親方は、戦後、ずいぶんたってからかみさんをもらったんだ――まあ、最初の許嫁《いいなずけ》がな、死んじまったもんで」

「親方の、許嫁、ですか」

そこで、よもさんはふいに頭を上げ、わずかにくたびれた顔で「あれは、事故だった」と呟《つぶや》いた。敬吾は、次によもさんが口を開いてくれるのを、ただ待っていた。ずいぶん長い沈黙の後で、老人はふうっと息を吐き出すと、「なあ」と口を開いた。

「おまえさん、誰かに呼ばれると『ただいまっ』て、返事するなあ」

「ああ、口癖、なんですかね」

急に話題が変わって、拍子抜けした気分で返事をすると、よもさんはまた溜息《ためいき》をつく。そして、瞬《まばた》きを数回繰り返しながら、そっと敬吾を見上げてきた。

「あの返事は、祖父ちゃんと、一緒だ」

「——え？」

「吾吉っつぁんもな、誰かに呼ばれると、威勢のいい声で、『ただいまっ』てな、答えてたもんだ」

「祖父ちゃんも、ですか」

そんな話は父からも、祖母からも聞いたことがなかった。勿論《もちろん》、祖母は既に五、六年前に亡《な》くなっているし、父も幼い頃に祖父を失っているのだから、口癖まで覚えていないのかも知れないが、敬吾は、何だか急に、薄ら寒い気持ちになり始めていた。

「それで、あの、事故って——」

内心で怯《おび》えつつ、それでも聞かないわけにもいかなくなって、敬吾はよもさんを見つめていた。よもさんは、口元に皺《しわ》を寄せて、何か考える顔をしていたが、やがて、親方には言うなよと念を押した上で話し始めた。

「じゃあ、親方の許嫁だった人と、事故に遭って、それで亡くなったの？」

その夜、久しぶりに朋美に電話をかけると、受話器の向こうからは敬吾以上に驚いた声が返ってきた。

「案内、してたんだと。それで、間違えて、仕込みのタンクに落ちたんだそうだ」

敬吾は、昼間よもさんから聞いた話を改めて思い出しながら、受話器に向かって溜息をついた。

「溺《おぼ》れた、の？」

「親方の許嫁の方はな。うちの祖父ちゃんは、溺れたっていうよりも、酸欠になっちまったらしい」

「そんな――」

敬吾同様、朋美も言葉を失っている様子だった。敬吾は、「ショックだよなあ」と続けた。

「許嫁の方はな、すぐに死んだらしい。だけど、祖父ちゃんだけは、今でいうと脳死みたいな状態だったんじゃねえかと思うんだ。そのまま病院まで運んで、しばらく様子を見たんだけど、結局、助からなかったんだと」

当時、親方は発狂せんばかりに悲しみ、仕事など手につかない状態になったと、よもさんは話してくれた。

「だから、親方は忘れたいと思ってたのね」

「そうらしい。俺、何となく祖父ちゃんに似てるらしいんだよな。だから余計に、俺のこと、避けてたのかも知れねえな」

「――生きてると、色んなことが、あるものねえ」

実際の年齢よりも幼く見えるくらいの朋美にしては、中年女のようなことを言うと、敬吾は少しばかりおかしくなりながら、それでも一緒に「本当だよなあ」と相槌《あいづち》を打っていた。

自分の人生で、もっとも大切な二人の人間を同時に失った悲しみが、どれほど大きなものか、敬吾にはとても想像がつかない。よもさんは言っていた。当時、親方はもう二度とこの蔵には来ない、酒造りはしないとまで宣言したのだそうだ。だが、この蔵に毎年来ることこそが、二人に対する供養《くよう》になるではないかと周囲から説得されて、結局この年まで杜氏を続けてきたのだと。

「俺、何となく、前よりももっと親方が好きになったな」

テレホン・カードの度数の残りも少なくなって、もう電話が切れてしまうというときに、敬吾はしみじみと言った。朋美は「またあ」と拗ねた声を出した。

「私より好きなんて言ったら、イヤ――」

そこで、電話は無情にも切れてしまった。それでも、最後にはずいぶん気持ちも軽くなって、敬吾は皆の眠る部屋への階段を上がった。

――祖父ちゃんも、この部屋で眠ったのかな。

そういう目で眺めると、薄気味悪いどころか、男ばかりの殺風景な室内も、何となく独特の風情《ふぜい》があるように感じられるから不思議だった。敬吾がここへ来たのは、自分と似ていたという祖父が、自分の果たせなかった夢を託して、孫の敬吾を導いたのではないかと、そんな気持ちにさえなった。布団《ふとん》に潜り込み、闇《やみ》の中で目をこらしていると、今夜もさあ、さあ、と細かい雨の降るような音が聞こえてきた。季節は徐々に冬に向かい、その音は小糠雨《こぬかあめ》というよりも、もっと冷たく、もっと淋《さび》しい、氷雨《ひさめ》のように聞こえた。

5

翌日から、敬吾は意識的に親方の傍から離れないようになった。勿論、方々から「若いの」と呼ばれるから、その度に走り回らなければならないが、それでも暇を見つけては親方の傍に行った。よもさんと約束したから、祖父の死の話は絶対にするまいとは思っている。だが、そんなに悲しい記憶を抱きつつ、黙々と酒を造り続けてきた親方の傍にいるだけで、気持ちが通じ合えるのではないかと、そんなことを考えたからだ。

「親方、これ、混ぜなくて、いいんですかね」

発酵を続ける仕込みタンクの上に上がり、点検している親方に近づくと、敬吾はわざと明るい声を出した。その度に、親方は少しばかり迷惑そうな、困ったような表情になった。

「ときどきで、いい。温度をならす程度で、いいんだから」

こちらから質問をすれば、親方は必ず、きちんと説明をしてくれる。皆よりも一段高いところにいると思っていたのは、それは単に敬吾の気後《きおく》れのせいだけだったのかも知れない。

――思い出すのも辛《つら》い。それは、分かるけど、親方のせいじゃないんだから。

真っ白いタンクの中で、米は自分の身を溶かしながらあぶくを出し続けている。時が流れれば、こうして米粒さえも溶けていく。だから、親方の心の傷も癒《い》えていて欲しいと、敬吾はそんなことを考えていた。

「杜氏《とうじ》になるのって、大変でしょうか」

ある日、やはり親方について歩きながら、敬吾はおそるおそる、聞いてみた。洗米場から釜場《かまば》へ、釜場から麹室《こうじむろ》へと、ゆっくりのテンポでも休むことなく移動を続ける親方は、敬吾の言葉にわずかに表情を動かした。

「酒造りのことが、全部分かってねえとな、できねえな」

杜氏は最初から杜氏になるわけではない。釜屋も船頭も酛廻《もとまわり》も、すべてを経験した上で、初めて一つの蔵の味を取り仕切ることになる。それは、この数カ月の間に、敬吾も学んでいた。

「俺、今からじゃあ、間に合わないですか」

もはや、出稼ぎという感覚ではなくなっていた。勿論、家業を捨てるというわけではない。一年の半分だけ、酒を造るために生きてみたいのだ。祖父だって、それを喜んでくれるのではないだろうか、待ち望んでいたのではないかと、そんな気持ちにさえなっていた。

だが、親方はすぐには返事をせず、後ろ手に組んだまま、ゆっくりと歩いていってしまう。

「俺じゃあ、無理ですか」

慌《あわ》てて後を追って話しかけても、親方は敬吾の方を振り向こうともしない。

「ねえ、親方」

「何も、今更時代遅れの仕事をするこたあ、ねえだろう」

「時代遅れなんかじゃ、ないですよ！　酒を造るのに、時代なんか、関係ないに決まってるじゃないですかっ」

まさか親方の口からそんな言葉を聞こうとは思わなかったから、敬吾は自分でも驚く程の激しい口調で言い返していた。親方は、ようやく立ち止まり、少しばかり意外そうな顔で振り返った。初めて、まともに見てくれた。やっと正面から向き合ってくれたと、敬吾は思った。

「後継者がいないからって、人手が足りないからって、それで酒造りをやめても、いいんですかっ。俺、勉強しますから、色んなこと、もっと勉強しますからっ」

「——まあ、この冬を過ごしてみて、それから考えるこった」

親方はそれだけを言うと、敬吾になど構っている暇はないというように、そそくさと行ってしまった。敬吾は、その小さな後ろ姿を見送りながら「絶対に杜氏になってやる」と決心していた。親方の持っている技術、知識のすべてを受け継ぎたい。せめて、それまでは元気でいて欲しいと心の底から思った。

暮れも押し迫った頃になって、敬吾は朋美に正月も蔵に残ることになったと電話で伝えた。本当は、ずいぶん前に決心していたのだが、朋美をがっかりさせたくないばかりに、なかなか電話出来ずにいたから、久しぶりに聞く朋美の声は、それだけで敬吾の胸に沁《し》みた。

「私、待ってたのに。ひどいよ、敬ちゃん」

予想した通り、朋美はもう半分泣きそうな声になっている。見せたいものがあった、敬吾のためにセーターも編んでいたのだと、朋美はひどく恨めしい口調で文句を言い続けた。

「分かってくれよ。正月だからって、仕込みの途中の酒を、放っておくわけにはいかねえんだよ。それに、年が明けたら、すぐに寒に入る。寒仕込みっていって、いちばんいい酒を造るときなんだよ」

敬吾は、懸命になって朋美を説得した。こうして声を聞いてしまえば、敬吾だって会いたくてたまらなくなるのだ。朋美の白い、弾力のある肌に触れたくてたまらなかった。だが、それでも敬吾は「しょうがねえんだ」と繰り返した。

「まさか、そっちにいい人が出来たんじゃ、ないんでしょうね」

やがて、朋美は、すっかり拗《す》ねた声で、そんなことさえ言い出した。敬吾は「馬鹿《ばか》か」と答えながら、にわかに不安になってくるのを感じた。

「そういう朋美は、どうなんだ？　俺が正月に戻れないからって、浮気するんじゃねえのか」

「分かんない。するかもよ。敬ちゃんが、帰ってきてくれないのが悪いんだから。私が、こんなに待ってるのに、お酒お酒って、私のことなんか、もう何とも思ってないんでしょうっ」

「おい、待ってってば。朋美と酒なんか、比べられねえって、いつも言ってるだろう？　しょうがねえんだってばよ」

「何よ、親方の話ばっかりして。最近、敬ちゃんは電話をくれたって、親方とお酒の話ばっかりじゃない。私のことなんか『元気か』とも、言ってくれないんだからっ」

「だって、元気だから電話に出られるんだろうが。朋美だって、俺に『元気？』なんて言ってくれ——」

「知らないっ」

それきり、電話は切れてしまった。敬吾は、ツー、ツーという音を聞き、溜息をつきながら緑色の受話器を戻した。

——女には分からねえのかなあ。

たかが季節労働、たかが出稼ぎと思って来たのに、農業以上に自分の興味をそそる仕事に出逢《であ》えた気持ちというものが、所詮《しょせん》、女には分からないのだろうか。セーターを編んでくれたのは嬉《うれ》しいが、それよりも敬吾は「頑張ってね」のひと言が聞きたかった。そう考えると、自分の方から受話器を叩《たた》きつけてやれば良かっただろうかとさえ思った。

そして結局、敬吾は正月も酒蔵に残った。親方をはじめとして、よもさんたちも「毎年のことだ」と言いながら、ヒロシキでのささやかな正月祝いを淡々と受け入れた。お節《せち》料理も屠蘇《とそ》も、すべて社長の用意してくれたものだった。

「蔵人《くらびと》にとっては、甑倒《こしき》しが正月みてえなもんだ」

「田圃《たんぼ》に戻る、区切りの儀式にもなるからな」

三月に入って最後の米を蒸し、半年間使った甑を洗う作業を甑倒しという。すべての酒造りを終え、秋まで休ませる道具の片づけをした後に開く宴会こそが正月になるのだと説明されて、敬吾はそのときこそは、朋美の許《もと》へ飛んで帰ろうと思った。自分の造った酒を持ち、ちょっとした土産物も買って、あいつを喜ばせてやろうと決心していた。

年が明けると、敬吾たちは川原田酒造で造っている最高級の吟醸酒、大吟醸酒の仕込みにとりかかった。一年でいちばん寒さの厳しいこの季節は雑菌も入りにくく、じっくりと発酵させることが出来るから、もっとも旨《うま》い酒が造れるという。水は冷たさを増し、早朝の作業も一際《ひときわ》厳しくなったが、身体《からだ》の方はすっかり慣れてきて、敬吾は本当の旨い酒を味わってみたい一心で蔵中を駆け回った。

造る酒によって米の種類も精米の度合いも異なる。その都度、浸水の時間も違っているはずなのに、親方は機械のような正確さでそのタイミングをはかった。大寒も過ぎた頃、近所から集まってきているパートのおばさんたちに混ざって、手を痺《しび》れさせながら洗米を続けていると「若いの！」と呼ぶ声がした。

「あ、ただいまっ」

敬吾は急いで立ち上がり、声のする方を振り返って、思わず息を呑《の》んだ。そこには、和服姿の朋美が立っていた。

6

「見せたいものって、それだったのか」

久しぶりに並んで歩きながら、敬吾は三カ月ぶりの朋美を、ひどく眩《まぶ》しい思いで眺めていた。柄にもなく緊張しているのを感じる。朋美は、はにかんだ笑みを浮かべながら「だって、我慢、出来なかったんだもの」と言った。

「お正月に着てみせようと思って、一生懸命に縫ったのよ」

日も暮れて、一日の仕事が終わった後で、敬吾はやっとゆっくりと朋美と話すことが出来た。和服のせいか、心持ち痩《や》せて見える朋美に、社長は客間に泊まれと言ってくれた。

「何だか、思い詰めた顔をしてるじゃないか。会いたくて、会いたくて、来たんだろう?」

社長の言葉に、敬吾は何度も頭を下げ、とにかく彼女を蔵に案内した。

「本当に、蔵の生活だけ、なのね」

釜場から室の中まで案内していると、朋美は半分がっかりしたような声を出す。

「心配して、損しちゃったかな」

「だから、言ったじゃねえか。俺はな、本当に酒造りに夢中になってただけだ」

和服姿のせいだろうか、小声で「ごめんね」などという朋美は、かつてないほどに初々《ういうい》しい色気を感じさせる。乱暴に電話を切ったものの、それから一晩中泣いたのだという話を聞き、どうしても会いたくて、休みをもらって高速バスで来たのだという話を聞くにつけ、敬吾は彼女が愛《いと》しく思えてならなかった。

「お酒造りって、そんなに面白いものなの」

「大変は、大変だ。でもな、その分、面白いんだ」

朋美は、敬吾が案内する場所を、自分も真剣に眺め回している。酛をつくるタンクを覗《のぞ》いて、彼女はあぶくの立っている様子に歓声を上げ、「不思議」を連発した。

「この手順とか、発酵の度合いとかな、杜氏は全部、分かってなきゃならねえんだ。さっき、俺たちが米を洗ってただろう？　あれだって、何分くらい水に浸すか、親方には全部分かってるんだからな」

「敬ちゃん、杜氏になりたくなったんでしょう」

夢中で説明していると、朋美がふいに言った。敬吾は、まだその決意を語るつもりになっていなかったから、虚を突かれた形になって言葉を呑んだ。薄ぼんやりとした蔵の照明の下で、朋美は、探るような目つきで敬吾を見上げている。だが、敬吾は素直に返事をすることが出来なかった。

「そうだ。仕込みのタンクも、見るか」

話題を変えると、朋美は表情は変えないままで、小さく頷《うなず》いた。敬吾は、巨大なタンクが幾つも並ぶ薄暗い蔵へとすすみ、急な梯子《はしご》のような階段を朋美の手を引いて上がった。板を張り巡らしてある上からは、幾つものタンクが大きな口を開いているのが見える。

「この中で、お酒が出来るの？」

着慣れない和服で、何とか二階に上った朋美は、目を丸くしてその空間を眺めた。

それぞれが胴体に水を通すホースを巻かれており、温度が上がりすぎた場合にはホースに水を巡らせてタンクを冷やす。そして、この中で発酵を繰り返すのだと説明すると、朋美はおそるおそるタンクの縁につかまって中を覗き込んだ。

「――本当。あぶくが出来てる」

「耳、澄ませてみろ」

敬吾は、自分もタンクの縁に屈《かが》み込んで、顔を近づけた。さわさわ、さわさわと細かいあぶくの弾《はじ》ける音が続いている。

「寝てるとなあ、まるっきり雨が降ってるみたいに、聞こえてくるんだ。俺たちは、この隣で寝てるからな」

「雨、ねえ。そうねえ」

朋美も、しみじみとした表情で小首を傾《かし》げ、懸命にあぶくの音を聞いている。

「この季節にも、こっちは雨なんだものねえ。うちの方じゃあ、今年もずいぶん積もってるのに」

「だけど、冷たい雨だぞ。滅多に降らねえけど、氷雨《ひさめ》だな」

そして、二人はしばらく氷雨の音を聞いた。

「――敬ちゃん」

やがて、朋美はゆっくりと敬吾の方を見た。

「私、大丈夫だよ。敬ちゃんが、この蔵に来てる間、ちゃんと待っててあげる」

敬吾は、深いえんじ色の和服の襟元から、白いのど首を見せている朋美を見た。

「毎年、半年間だけは自由にしてあげる。その代わり、残りの半年は、ずっと傍にいてくれなきゃ、本当にいやなんだから」

敬吾は、胸の奥が熱くなるのを感じながら、適当な言葉も見つからず、結局はただ、黙って朋美を見つめ返していた。こいつは分かってくれている、ちゃんと覚悟さえした上で、ここまで来たのだと思うと、この場で抱きしめたいくらいだった。

「——朋美」

思わず手を伸ばそうとしたときだった。ふいに背中に衝撃が加わり、視界が大きく揺れた。赤い色が躍って見えた。隣で小さな悲鳴が聞こえた気がする。あっと思ったときには、敬吾はタンクに落ちていた。

「敬ちゃん！　助け——！」

むせかえるような匂《にお》いと、体温に近い温度の中で、朋美の悲鳴が響いた。そのとき、黒々とした櫂《かい》が差し込まれて、もがいている朋美を醪《もろみ》の中に沈めようとした。敬吾は必死で浮かび上がろうとしながらタンクの上を見た。

「お——」

つるつるに滑ってつかまるところもないタンクの上には、薄い闇《やみ》が広がっている。その中から、親方がこちらを見ていた。敬吾は、沈みかけている朋美を何とかつかまえようとしながら「親方っ」と声を出した。強烈な匂いと、発酵の音が敬吾までも溶かそうとしている感じがする。

「——おめえには、女房子どもがいるんじゃねえか。それを、人の許嫁《いいなずけ》と」

親方の押し殺した声が、ホウロウのタンクの中で大きく響いて聞こえた。敬吾は、何を言われているのかも分からないまま、何とかして、親方の差し込む櫂につかまろうとした。

「泥棒猫みてえに、こそこそと。俺は、大概のことは、目え瞑《つむ》ってやってきたじゃねえか。それをいいことに、文枝にまで手を出しやがって」

「——親方っ、俺は！」

「いつだって、そうだったよな。おめえは、俺が手に入れようとするものは、全部横取りする野郎だった。文枝も文枝だ、俺に会いに来たふりをして、こんな場所で——」

「助けてっ！　私、朋美です、朋美ですっ」

もがきながら朋美が悲鳴を上げた。敬吾は、徐々に息苦しさをおぼえながら、頭の中が白くなっていくのを感じていた。

――こんなことが、前にもあった。

別に本気で手を出そうとしていたわけではない。ただ、文枝の方が、真面目《まじめ》一方で堅物の守川松造を嫌がったのだ。

「松造、違うんだ――」

もがきながら、敬吾は思わず言っていた。親方の名前が松造ということなど、知らなかったはずなのに。

「何が違うものかっ、吾吉、おめえなんか、そうやって女と死ぬのがお似合いだ」

横でもがいていた朋美がぶくぶくと沈んでいく。真新しいえんじの着物が、白い醪の中に隠れて見えなくなった。いや、朋美ではない、文枝だった。あのときも、松造は、鬼のような形相で「許さねえ」と呻《うめ》きながら、吾吉と文枝を櫂で沈めたのだ。

「くそうっ、松造、てめえ――！」

そうだ。俺は誤って落ちたのではない。今夜と同じように、背後から突き落とされたのだ。この、松造に、親友と信じて、常に行動を共にしてきた松造に――。

「松造っ！」

意識の最後で叫んだが、その声すらも、自分の頭の中に響くばかりだった。そして、敬吾は沈んでいった。後には、細かいあぶくの弾ける音ばかりが、氷雨が降りしきるように続いていた。

こころとかして

1

頭の中で、はばたく小鳥の姿ばかりを追いかけていた。木々の緑をかいくぐり、空の青さに向かってはばたく小鳥だ。

――尾羽根が長いんだ。そして、頭にも冠のような羽根が生えている。輝く緑色の羽根だな。丸いつぶらな瞳《ひとみ》で、嘴《くちばし》は黒い。

誰かの声が聞こえてはいた。だが、それが自分を呼んでいる声だと気づくまで、ずいぶん時間がかかった。何気なく作業台から顔を上げたときに、難しい顔をしてこちらを見つめている主任の井上と目が合って、須藤広樹《すどうひろき》はようやく現実に戻り、同時に「何か」と口を開いた。

「また、ぼんやりして」

井上は、リューターが接続してあるモーターの載っている台越しに、半ば呆《あき》れた表情で、眉《まゆ》をひそめて広樹を見ている。

「何度も呼んだんだぞ」

広樹は曖昧《あいまい》に笑うと、取りあえず「すみません」と頭を下げた。せっかく思い描いた小鳥が飛び去っていく。やっとのことで美しい姿を描ききりそうになっていたのに、それは再び曖昧な姿にぼけていってしまった。

「そんな余裕が、あるわけ？　それで、ノルマはこなせるのかい」

考え事をしてる暇があったら、もう少し手を動かせというのが井上の口癖だった。

広樹は、またねちねちと回りくどい嫌味が始まるのかと、内心で溜息《ためいき》をつきながら俯《うつむ》いた。

「まあ、残業するのは須藤くんの勝手だし、仕事の出来はいいわけだからさ、僕がとやかく言うことでも、ないんだけどな」

だが、今夜の井上の口調は、途中から徐々に卑屈になってくる。ちらりと顔を上げると、彼は口の端だけで笑いながら、「なあ」と身を乗り出してきた。その瞬間に、広樹は何を言われるのかを察した。

「――今夜、なんだけどさ。須藤くん、何か用事、あるのかな？」

こういう言い方をするときには、どうせ自分の仕事を押しつけようという魂胆に違いないのだ。この、四十を二、三歳過ぎた主任は、特にこの一、二年、何かと理由をつけては、自分の仕事を広樹に押しつけようとする。他の連中の噂《うわさ》では、浮気でもしているらしいということだったが、広樹には興味はなかった。

「――今夜は――別に、ありませんけど」

「あ、そう？　何もない？　いやあ、そりゃあよかった。だったらさあ、非常に、というか、大変心苦しいんだけどねえ」

そして結局、それから十分後には、井上は満面に笑みを浮かべてそそくさと帰っていった。

「悪いね。お先に」

恐縮しきった顔は一瞬のことで、帰るときには、彼はそう言っただけだった。そして、広樹の手元には、本来ならば井上が今日中に片づけなければならなかったはずの、金冠《クラウン》のワックス型が一つ残された。

――まあ、歯医者はその方が喜ぶんだ。俺の作った歯の方が評判はいいんだから。

この技工所では、広樹は腕は良いが手は遅いと思われている。この仕事は数が勝負だというのに、いつまでたってもノルマもこなせず、収入も上がらない。その上、人から何かを頼まれても、満足に断ることも出来ない。のろまなお人好《ひとよ》し。それが、井上をはじめとして、この技工所で働く連中の間での広樹の評判だった。

「好き勝手なこと、言ってりゃあいいさ」

実際には、広樹はそれほど手際《てぎわ》が悪いわけではない。むしろ本気を出せば、この技工所でいちばん仕事は早いと思っている。ただ、そんなことが周囲に分かれば、ノルマばかり増やされるに決まっているし、一人で技工所に残る理由が出来ないから、ぐずぐずとしているだけだった。

取引している歯科医院から送られてきた数々の補綴物《ほてつぶつ》の型を元に、義歯や金冠、詰め物《インレー》などの補綴物を作る。それが歯科技工士である広樹の仕事だった。小さな物をこつこつと、根気よく作るのが、広樹の性には合っていた。

――だけど、俺は、いつまでもこんなところにくすぶっているような男じゃない。

誰かが見ていたら驚くに違いないスピードで自分の仕事を終えてしまうと、広樹は井上の残していったワックス型に手を伸ばした。一つの金冠を作ることなど、本当は、どうということもなかった。

まずは、歯科医院から運ばれてきたワックス製の型に湯口用の細長いワックスを取りつける。それをゴム製の台にセットした後、円筒状のフラスコをかぶせ、石膏《せっこう》を流し込む。振動によって脱泡させた石膏の中には、ワックスで出来ている歯型が埋まっていることになる。次に脱ロウ機でワックスを溶かし出すと、湯口からロウが流れ出て、石膏の中には歯型と同じ空洞が出来る。さらにフラスコごと焼成器にかければ、鋳型《いがた》が出来上がるというわけだ。そこに、溶かした地金を圧力によって瞬間的に流し込む。

型は水に入れて急冷し、石膏を取り除く。鋳型から取り出した十八金のクラウンには、湯口用のスティック状の部分がついたままで、まだ輝いてもいない。ここまでの作業を終えてしまうと、残りは研磨だけだった。この、研磨の段階で手を抜くと、出来が悪いと言われてしまう。

——誰の口におさまるんだか。

広樹はちらりと時計を見ながら、皮肉な思いにとらわれた。顔も知らない人間のために、何と報われない仕事をしていることだろう、という気持ちになる。

まずは湯口用の部分を切り取り、目の粗い紙ヤスリから始めて、徐々に細かい目の紙ヤスリをかけていく。曇っていた金は、広樹の指先で徐々に輝きを持ち始める。プラチナや銀の場合には、紙ヤスリをかけた後は鋼鉄製のへらで強く擦《こす》れば、鏡面状の輝きが生まれるが、金は硬い上に粘りが少ない。だから、バフという車のワックスかけに使う道具を極めて小さくしたような形のものに研磨剤をつけて磨く。途中、摩擦によって金冠が熱を持つことがあるから、ときどき冷ましながら、丁寧に磨いていくのだ。そして、見事に輝く金冠の出来上がりだった。

「なかなか、いいじゃないか」

磨き終えた金冠を、近くから遠くから眺めながら、広樹は一つ溜息をついた。我ながら、惚れ惚《ほ》れ《ぼ》する出来だと思う。

——だけど、見えないんじゃあな。使ってる本人だって、これの本当の価値なんか分からないんだ。

気がつくと、既に十時に近くなっていた。広樹は慌《あわ》てて立ち上がり、研磨によって出た金粉を丁寧にかき集めた。それに、湯口用に使った金も合わせて、一カ所にためておくのだ。特に金の場合は高価なものだから、技工所でそれが義務づけられている。だが、広樹がその金粉を集めるのは、こっそりと用意してある自分用のケースだった。その、ほんの少しの金を集めるために、広樹はなるべく残業するようにしていたのだった。その目的があるからこそ、井上の頼みにも応じている。それは、誰一人として知らないことだった。

2

萌美《もえみ》は、「そうそう、そんな感じね。丁寧に」などと言いながら、目を細めて広樹の手元を見ている。彼女からそう言われるとき、広樹はつい笑顔になった。既に午後十一時を回っていたが、この工房では、まだ数人が残って黙々と作業に取り組んでいた。十時過ぎに、やっと工房に着いた広樹は、石枠を作る作業を始めていた。

「俺、今度の給料でリューターを買おうかと思ってるんです。技工所に残って使うのも、限度があるから」

技工所では研磨するときに使用するリューターも、アクセサリーを作る仕事では、ワックス型を作るとき、紙ヤスリを使うとき、さらにバフをかけるときにも欠かせない。そのこともあるからこそ、広樹は遅くまで一人で技工所に残って、リューターを使っていた。

「スパチュラーは？　揃《そろ》ったの？」

「だいたい。ヤスリもだいぶ揃いました」

萌美は、満足気に頷《うなず》くと、「早く手に馴染《なじ》むようにすることね」と言った。

「ひと通り揃うまでは、お金がかかるわね」

他にも、ワックス用のヤスリや糸のこ、細かい仕上げには欠かせない、先が鋭利になっているキサゲ、線や溝を彫るためのケガキなど、自分専用に揃えなければならない道具は無数にある。このところ、広樹の給料は、それらの工具や練習用の銀の地金、ワックスなどに大半が費やされてしまっていた。

「あの、俺、デザイン画も描いてみたいんですけど、無理でしょうか」

今日一日、ずっと思い描いていた小鳥のことを思い出して、広樹は思いきって萌美を見た。

「出来れば自分でデザインして、一つ、作ってみたいんですけど」

萌美は、夜更《よふ》けにもかかわらず綺麗《きれい》に化粧した顔をわずかに傾《かし》げて「あら」と笑みを浮かべた。

「何を作るつもり？」

「あの——指輪、なんか」

「シルバーなら問題ないんじゃない？　キャスティングの方だったら、須藤くんの腕なら、もう十分に売り物になるくらいのものが作れるわ」

「いや——あの——金、で」

言いながら、つい顔が赤らむ。その表情を見て、萌美は「あら、あら」と、さらに悪戯《いたずら》っぽい笑顔になった。

「誰か、プレゼントしたい人でも、いるのかしら?」

「え――まあ――そんなところです」

半ば口ごもりながら頷くと、萌美はわずかに小首を傾げて「そう、金ね」と少し考える表情になる。

「まあ、ゴールドの方が素敵なことは確かですものね。誰かに贈りたいと思って作れば、心のこもった素敵な物が出来上がるわ」

萌美に言われると、広樹は俄然《がぜん》やる気が湧《わ》いてくる。頭の中では再び小鳥がはばたき始めた。

――彼女の指に、ぴったり合うように作るんだ。彼女の指の上ではばたいているように。

「ただ、今の技術じゃあ、ねえ。まだ大した物は出来ないわよ」

「あ――だから、あの、地金を手に入れてデザインが決まるまでに、もっと、腕を磨きますから」

広樹の言葉に、萌美は大人らしい落ち着いた笑顔でゆっくりと頷いた。

「頑張って彼女を喜ばせてあげないとね。いい目標が出来たわね」

広樹は思わず照れ笑いを浮かべてしまった。

この工房は、萌美が昼間の仕事とは別に持っているところだった。大きな貴金属店でデザイナーをしている彼女は、三十代の半ばといったところだと思う。ゆくゆくはジュエリー・デザイナーとして独立し、自分でデザインしたものを自分の名で売ることを目指している彼女は、若いスタッフを育てる必要があった。だから、自分が勤務する店から発注された商品を作る名目で、この工房を開いたのだという。彼女との出《で》逢《あ》いが、広樹の運命を大きく変えたのだ。

「歯科技工士から、こっちの世界に移りたいっていう人は、結構多いらしいわね」

初めて萌美と会ったとき、彼女はゆったりと微笑《ほほえ》みながらそう切り出した。

「誰の口の中におさまるかも分からない歯の、それもパーツばっかり作るんですから。ちゃんと作っても完成した感じがしないし、面白味なんか、ないですから」

広樹は憮然《ぶぜん》とした表情で、そういう答え方をしたと思う。毎日、代わりばえのしない仕事を続けるのに嫌気がさしていた頃だった。井上には利用されるばかりで、今以上の技術も習得出来そうにないから、せめて他の技工所に移ろうかと考えて、技術者向けの求人情報誌を買い、そこで、この工房を知ったのだった。「鋳造《ちゆうぞう》技術者」という文字と「創造性のある仕事です。あなたのデザインでジュエリーを作りませんか」というコピーが広樹の心を動かした。

「考えてみれば、不思議なのよね。ジュエリーと入れ歯じゃあ、つながらないような気がするものね」

鋳造の技術そのものは、歯を作るのもアクセサリーを作るのも基本的には変わりはない。だが歯科技工士には、自分の作った義歯によって、食生活の不自由さや苦痛から解放される患者が数多くいるのだという自負があるとしても、作る喜びにはつながりにくく、仕事の手応《てごた》えは希薄で実感が伴わないと広樹は感じていた。結局のところ、患者の口の中を覗《のぞ》き、納まるべきところに補綴物を納める歯科医だけが、その喜びを感じているのに違いないのだ。患者は、歯科医には感謝しても技工士のことなどこれっぽっちも考えてはいない。その虚《むな》しさが、広樹の中で年々育っていた。

「今まで、アクセサリーや宝石に興味を持ったことは？　貴金属の類《たぐい》が好き？　自分も欲しいと思う？」

矢継ぎ早に質問された時、広樹は面食らい、口ごもった。正直なところ、アクセサリーに興味を持ったことなど、一度もなかったのだ。宝石のことも、ダイヤモンドやルビーくらいならば知っているという程度で、それも結局はただの石ころではないかと思ってきたと答えると、萌美は朗らかに笑いながら、「正直ね」と言った。

「でも、その方がいいのよ。高価な金属や石を扱うのに、そういう物にひどく執着するような人は、実は向いているようで向いていないと思うわ」

それから萌美は自分の考えを滔々《とうとう》と話し始めた。話すのが苦手な広樹は、初対面の相手に対しても物怖《ものお》じすることなく、すらすらと淀《よど》みなく話す彼女を、ただ感心して眺めていた。

「私は、ただ美しい物が好きなだけ。だけど、必要以上の価値は見出さない。だからこそ、どんなに美しい石を目の前にしても、執着はしないわ。私に欲があるとしたら、それは、より美しいデザインを考えることね」

広樹は、萌美のエネルギーを正面から感じ、彼女にすっかり心酔した。あれから二年が過ぎている。今年で二十八になる広樹は、この二年間、仕事の合間を見ては工房に通い、まず自分の技術を生かしてキャスティングの手伝いから始めることになった。現在の仕事をすぐにやめても、広樹の技術ではまだまだ通用しないし、萌美の工房でも、それほどの給料は支払えない。だから、アルバイトという形で、少しずつ技術を習得する方法をすすめてくれたのが萌美だった。クラフトマンとして一人前になったところで技工所をやめる、そしてそれ以降は、プロのクラフトマンとして生きていく、それが、今の広樹の夢だった。

その日も終電に近い時刻まで、広樹は萌美や他の仲間と共に工房で作業をした。

「来年の今頃には、うちの正式なスタッフになってくれてるといいわね」

帰りしなに、萌美は広樹に言った。意外な言葉に、広樹は一瞬返事も出来ずに彼女を見た。

「今はこの景気だし、時期が悪いから、私も派手には動くまいと思っているけど、来年、須藤くんが完全にうちに来てくれたら、それから、私も独立の準備に入るつもりでいるのよ」

「本当ですか」

「だから、あと一年、頑張って。今が我慢のしどころよ」

アクセサリーを作るには、大きく分けて二つの方法がある。一つは、歯科技工士と同様に、ワックスで原型を作るロストワックスキャスティングという方法。そして、直接メタルから加工していく方法だ。仕事でワックスを扱い慣れている広樹は、研磨の技術も半ば持っていたから、主にメタルの加工の技術を習得する必要があった。メタルを切る、削る、叩《たた》く——それらの作業に慣れなければ、一人前のクラフトマン、いわゆる飾り職人にはなれない。また、アクセサリーに欠かせない石を留める方法や、テクスチャーと呼ばれる、質感の出し方など、覚えなければならない技術は工具の数と共に多かった。

「その、彼女にプレゼントする指輪ね、デザインが出来たら、持ってきてごらんなさいな。見てあげるから」

　こんな時間になっても疲れた顔も見せず、萌美は自信に満ちた笑顔で言ってくれる。広樹は、ボスと呼ぶには若くて華麗な彼女を、まるで姉のように感じていた。

「前にも言ったけど、普段から、どんどんスケッチをためておくといいわ。それが、自分の心の中で色々な形に変化していくのを楽しむのよ」

「あ――はい。やって、ます」

「一つの物でも、色々な角度から見るようにね」

　最後にそんなアドバイスまで受けて、広樹は深々と礼をして工房を後にした。バツイチだという萌美はいつもの通り、これからデザインを始めるのだと言って一人で残った。

　――すげえエネルギーだよな。

　自分も精一杯に頑張っているつもりではある。だが、一日中根を詰めて仕事をしてこの時間になれば、さすがに肩が凝り、全身が疲れていた。もう、ほとんど残っていない一日のエネルギーをふり絞るようにして、広樹は駅までの道を急いだ。あと一つ、大切な用事を済ませなければ、安心して眠ることは出来なかった。

3

ウェイトレス姿の涼子は、いつもの笑顔でそっと水を置く。

「今夜も、遅かったんですね」

広樹は、差し出されたメニューを習慣的にぱらぱらとめくりながら、小さく頷いて見せた。三日に上げずに見ている顔なのに、どうも緊張してしまって、やはり満足な受け答えも出来ない。

「デザイナーのお仕事って、大変なんですねえ」

おしぼりを差し出しながら、涼子の方はすっかり慣れた口調で、広樹の顔を覗き込んでくる。そう言われると、広樹はまだ強《こわ》ばったままの顔を歪《ゆが》めるようにして、ぎこちない笑顔を作り、「まあ、ね」と答えるのがやっとだった。

「デザイン、だけじゃなくて、何から何まで、だから」

「今は、どんなものを作っているんですか？」

「ああ――トパーズの、指輪」

「トパーズかあ、素敵ですよねえ。高価なものなんでしょうねえ」

「そう、だね」

涼子は、片手に客からの注文をインプットする機械を握りしめたまま、尊敬のこもった温かい眼差《まなざ》しを向けてくれる。その瞳《ひとみ》に逢《あ》いたくて、彼女の笑顔を見たいばかりに、広樹はこの数カ月というもの、週に三回は、このファミリー・レストランで遅い夕食をとることにしていた。

注文を取ると、彼女は愛想良く「お待ちください」と言って、広樹から離れていく。その後ろ姿を眺めるだけで、疲れは癒《いや》された。

――あの娘《こ》の指を飾るんだ。俺の指輪で。

広樹の暮らす街では、このファミリー・レストラン以外に遅くまで営業している店は、ほとんどない。萌美の工房に寄る日は、いつも帰りが十二時を過ぎてしまうのだが、コンビニの弁当ばかりでは、あまりにも味気ない。たまにはレストランで、目につく様々な物をスケッチしながら食事をとるのも面白いと考えて、あるときから広樹はこの店で夕食をとるようになった。薄いコーヒーを何杯も飲みながら、コーヒーカップやスプーンから始まって、他の客の持ち物やその顔まで、色々な物をスケッチするのは、深夜の楽しみになった。

「イラストレーターか何か、ですか」

あるとき、コーヒーのお代わりを持ってきたウェイトレスが声をかけてきた。自分の存在など、誰も気に留めていないと思っていた広樹は、その言葉にぎょっとなって顔を上げた。そして、そこに涼しげな切れ長の瞳を認めた。彼女の胸元のネーム・プレートから「岩崎涼子」という名前を知ったときには、何とぴったりくる名前なのだろうと思ったものだ。

「いつも、スケッチブックを持ってるから。漫画家？　それとも、絵描きさん、とか？」

若い女性と話し慣れていない広樹は、オレンジ色のユニフォームに身を包み、瞳を輝かせている娘に向かって、何と答えれば良いのかも分からなかった。それに、レストランのウェイトレスに、わざわざ細かい説明をするのも面倒だったから、つい宝飾デザイナーだと答えてしまった。以来、広樹は本当のことを言う機会を逸してしまっている。

「もう少ししたら、すいてくると思うんですけど、今日はちょっと、うるさいですよね」

やがて、注文した料理を運んできた涼子は相変わらずの笑顔で話しかけてきた。他に客がいないときならば、彼女は広樹の傍に立ったまま、あれこれと話をする。

「さっきまでねえ、中学生くらいの、ツッパリの子どもたちがいたんですよ。もっとうるさくて、大変だったの」

「ああ、そう」

本当は、もっと気の利《き》いた受け答えが出来ればと思うのに、広樹は、ただ頷《うなず》くのが精一杯だった。

「平気な顔して煙草《たばこ》吸ってて、お酒くさいんですよね」

「ああ、ふうん」

他の女ならば、とっくに退屈してしまうはずなのに、涼子は広樹の愛想のなさなど一向に気にならない様子だった。

やがて、料理も食べ終わり、コーヒーを飲んでいると、涼子は再び足早に近づいてきて、こっそりとケーキを差し出してくれた。酒の飲めない広樹にとって、疲れているときのケーキほど旨《うま》く感じるものはない。

「今、チーフがいないから、その間に」

広樹は、自分の斜め前に立ち、にっこりと笑っている涼子に軽く頭を下げると、おずおずとフォークに手を伸ばした。

「ねえ、トパーズの指輪って、どんなデザインですか？」

「どんなって――」

「須藤さんがデザインしたんでしょう？」

「ああ、まあね」

彼女は、明らかに広樹に好意を抱いている。そして、広樹の世界――正確に言えば、これから入ろうとしている世界――に興味を持ち、理解しようとしてくれる。だからこそ、こんなサービスをしてくれるのだと、最近の広樹は彼女と話す度に、その確信を深めていた。

「ペアーシェイプカットって、分かるかな。こう――涙型っていうか」

いつも鞄《かばん》に入れている小さめのスケッチブックを取り出すと、広樹は2Hの鉛筆で細い線を引き始めた。カットされた宝石の絵を描くのは、実は案外難しい。カットの仕方をきちんと把握していないと、まるで実感の湧《わ》かない絵になってしまうからだ。広樹が内心で冷や冷やしながらドロップ型の宝石の絵を簡単に描くと、涼子は上体をわずかに傾けて広樹の手元を覗き込み「ああ、ああ」と頷いた。

「その――カットしてあるトパーズの、大きさが違うものを、こういうふうに組み合わせて、アリをイメージしてあるんだけど」

「なるほどぉ」

「台はゴールドでね」

それは、萌美がデザインして、今、他の仲間が作っている指輪だった。金属と金属とをつける、いわゆるロウづけや、仕上げに様々な風合いを生み出すテクスチャーのつけ方などが、広樹はまだ熟達しているとは言い難い。金属を打ったり切ったりするときに使用するタガネの使い方などにも、完全に慣れているとはいえない部分があるから、デザイン性の高い、大きな石を使うような作品は、まだ作らせてもらえないのだ。だが、何も知らない涼子は、熱心に広樹の説明を聞いている。その横顔を見上げるだけで、広樹は息苦しさを覚えた。

「ねえ――」

喉元《のどもと》まで迫《せ》り上がってきそうな心臓を幾度も飲み下しながら、やっとのことで声を出すと、涼子は涼やかな目元で「はい？」と言った。

「今度の休み、なんだけど――どこかに、スケッチにでも行こうかと思ってるんだ」

「スケッチ、ですか」

「あの――よかったら、一緒に、行かないかなあと、思って」

ついに言ってしまった。手のひらにぐっしょりと汗をかきながら、広樹は自分が一体どんな顔をしているのかも分からなかった。

「緑が、綺麗《きれい》な頃だしさ――ああ、俺たちって、どこにデザインのヒントがあるか分からないから、暇があったら、スケッチなんかに出かけることって、結構多くて、だから、出来たら、今度の休みに、ああ、勿論《もちろん》、天気が良かったらっていう話なんだけど、そんなに遠くなくても――」

「お休みって、土日、ですか?」

ふいに言葉を遮られて、そこで初めて広樹は自分が喋《しゃべ》りすぎたと感じた。急いで、「そう、土日」と答えると、だが、涼子は悲しそうな顔になって、「ごめんなさい」と呟《つぶや》いた。

「どっちも、アルバイトなんです」

「ああ、ああ? アルバイト?」

「私、土日はイベントのアルバイト、してるんですよ」

涼子は少しばかり諦《あきら》めたような笑みを浮かべると、「行きたいなあ、スケッチ」と呟いた。広樹の胸は、また締めつけられるような感じがした。

「広い、空気のいいところで、お弁当なんか食べたら、気持ちいいですよねえ」

頭に血が上ってしまっていて、彼女の言葉が頭の中でわんわんと響く。だが、とにかく断られているらしいことだけは、分かった。

「バイトなら、仕方がないよ」

「いつもいつもっていうわけじゃ、ないんですけどねえ。今度の土日は、ダメだわ」

広樹は冷めかけたコーヒーをがぶりと飲みながら、「うん、うん」と細かく何度も頷いた。

「役者なんか目指しちゃったもんですから、なかなか、食べていくのも大変なもんで。須藤さんがデザインするようなアクセサリーなんて、夢のまた夢――」

またもや店の入り口のチャイムが鳴った。彼女は、急いで振り返ると「いらっしゃいませ」と言いながら、入り口に現れた新しい客に歩み寄っていった。広樹は、ユニフォームのスカートから出ている涼子のすらりとした足を眺めながら、ほうっと溜息《ためいき》をついた。

――彼女は、精一杯に頑張ってるんだ。東京で、一人で、女優を目指してるんだもんな。

だからこそ、あんなに輝いて見えるのだろう。そう考えると、広樹の中で新たな感動が広がっていく。あんなに健気《けなげ》な娘など、そういるものではないと思う。

「今度、また誘うから。あの、天気のいいときにでも」

「あ、ぜひ。待ってますから」

午前二時を回った頃、ようやくレジに立つと、涼子はにっこりと笑いながら「本当にすみません」と繰り返した。釣り銭を受け取るとき、彼女の手を見ながら、広樹は彼女の指のサイズを考えていた。

——その指を、飾ってあげる。俺が作った金の指輪で。薄っぺらなものじゃなくて、たっぷりと十八金を使って。

アパートへの帰り道、広樹は再び小鳥を思い描いていた。だが、何度も大きなあくびが出て、考えは一向にまとまらなかった。涼子の顔を見たことで、ようやく一日が終わった気分になる。腰から背中、肩にかけて、がっくりと疲れがのしかかってくる。初夏の空気を吸い込みながら、さんざんあくびをして、彼女が一緒に行けないのなら、今度の休みは一日中、寝て過ごすことにしようと決め、広樹はのろのろと狭いアパートへ戻った。

4

歯科技工士の業界にも不況の波は押し寄せてきている。それが、広樹にも影響を及ぼしつつあった。

一つには、大規模に経営している技工所が工賃のダンピングに踏み切り、小規模な技工所はさらに工賃を下げる必要に迫られ、その結果、技工士たちに課せられているノルマが増えたということだ。数多くの仕事をこなさなければ、以前と変わらない収入を得ることが徐々に難しくなってきている。

「これ以上、ノルマがきつくなったら、もうやってられないよなあ」

井上は、ことあるごとに、ねちねちと文句を言うようになっていた。そして、手の遅い人間がいると、自分たちのところにもしわ寄せが来るなどと、暗に広樹を責めるようなことも言う。

さらに、二つめのしわ寄せは、義歯や金冠に金を使う人が減ったということだ。研磨するときに出る、ほんのわずかずつの金粉と、湯口用の金を、人目を忍んでこつこつとため続けている広樹にとって、これは重大な問題だった。

――このままじゃあ、いつまでたっても指輪なんか、出来やしねえな。

彼女に指輪を贈ろうと決めてから、早くも一年近くが過ぎようとしていた。初めて涼子をスケッチに誘ってからも、夏が来て秋になり、もう半年以上が過ぎている。その間にも、広樹は何度か勇気をふり絞って涼子を誘ったが、その都度アルバイトが入っていて断られた。結局のところ、広樹の日常には何の変化もない。そのことに時折、ふと焦《あせ》りを感じることもあった。

だが、広樹は確信していた。そのときが来たら、すべては急転直下に動き出す。涼子に指輪を贈るときには、自分は技工所をやめて、工房に移ることになるだろう。いや、そうでなければならない。宝飾デザイナーなどと名乗ってしまった以上、そうでなければ大嘘《おおうそ》つきということになってしまう。

――そして、指輪と一緒に気持ちを伝えるんだ。

心を込めて作り上げた、世界に一つだけの指輪を見れば、涼子ならばたとえ広樹が何も言わなくても、広樹の心を分かってくれるに違いない。この半年程の間に、デザイン画も描きためて、シルバーを使ってかなりの試作もこなしてきている。そう考えると、あとは最終的なデザインを選び出し、実作に移るだけだということに気づく。それなのに、こうも金がたまらなくては、話にならなかった。

――だけど、金の地金を買い込むほどの余裕は、今の俺にはない。何とか、ならないか。毎日、こんなに金に囲まれていながら、指輪一個分くらいの金を、どうにかすることは出来ないだろうか。

「あのう、須藤くんさあ、聞こえてる？」

あれこれと思いを巡らしていて、また井上に呼ばれていることに気づかなかった。

「実は今日、女房のおふくろがね、上京してくるんだよ。それで、あの、悪いんだけどさあ」

井上は相変わらず人を小馬鹿《こばか》にした笑みを浮かべて身を乗り出してくる。

「――奥さんのお母さんて、足の具合はどうなんですか」

広樹の言葉に、井上は一瞬ぎょっとした顔になり、「え」と言葉を詰まらせる。確か半年ほど前、井上は、妻の母親が骨折したからという理由で、広樹に仕事を押しつけたことがある。

「ああ、ああ、足ね。お陰さんでね、もうすっかり、いいんだ。それで、久しぶりにね、上京してくるわけ」

井上はすっかり慌《あわ》てた口調で早口にまくしたて始めた。広樹は、つまらないことを言ってしまったことを後悔した。聞かなければならない言い訳を増やしただけのことだった。

「ほら、ノルマがきつくなってきてるだろう？　だから、前みたいに気軽に須藤くんに頼めないっていうのは、僕も分かってるんだけどさあ、女房のおふくろ、十年ぶりなんだよ、上京してくるの」

このところ、目に見えて髪が減ってきている井上は、脂《あぶら》ぎった顔に、いかにも卑屈な笑みを浮かべて広樹を見ている。広樹は、しばらくむっつりと黙り込んでいた。

「ねえ、須藤くん。聞こえてるでしょう？　何とかさあ、頼めない？」

狭くて息苦しくなりそうな作業室をぐるりと見回しながら、わずかばかりの金粉を集めるために、こんなに不愉快な思いをするのも、そろそろ限界かも知れないと考えたとき、金庫の脇《わき》の棚に目がとまった。どうして今まで、こんなに簡単なことを忘れていたのだろう。

「いつもみたいにさあ、うんって言ってくれないかなあ。ねえ、須藤くん」

「――いい、ですけど」

出来るだけ勿体《もったい》をつけて、渋々引き受けるのだという表情を作ると、井上は脂ぎった顔をぐにゃりと歪《ゆが》めて「恩に着るよ」と広樹を拝む真似《まね》をした。

――動き出すんだ、これで。

鼓動が速まっているのが分かる。広樹は黙々と仕事をするふりをしながら、またもや小鳥を思っていた。

その夜、午後十時を回ったところで、広樹はようやく一人になることが出来た。最後まで残っていた技工士が、首を回しながら「お先に」と消えた後、作業室には静寂が満ちた。広樹はしばらくの間、周囲の気配を探り続けた。絶対に誰も戻ってこないと感じられるまで、自分の気配すら消すつもりで、ひたすら一点を見つめていた。五分、十分と時が流れる。エアコンの風がわずかに流れるのを感じながら、広樹はようやく立ち上がった。

誰もいないと分かっていながら、無意識に足音を忍ばせて、作業室の片隅に近づく。金庫の脇の棚に置かれた、小さな引き出しの中に、それはいかにも無造作にしまわれていた。

「――やっぱりな」

各歯科医院から回収されてきた、患者から取り外した、リサイクルさせるための義歯、金冠などが、一つの箱にひとまとめにして入れられているのだ。それらは、年月を経ている物もあり、長年の使用に耐えた結果、とても美しいとは言い難くなっている物もあった。広樹たちが作り上げた、鏡のように輝いている新品とはまるで異なる、人間の匂《にお》いがしみついているような物ばかりがごろごろと転がっているところは、見ていてそう気持ちの良いものではない。

――数も数えてなけりゃ、確認もとってないんだもんな。

患者は自分から取り外された金が、そのまま鋳造され直して自分の元へ戻ってくると思っているかも知れない。だが、回収された金は、分析屋という専門の業者に渡され、すべて溶かしてしまうのだから、元々が誰の物かなど、分かるはずもないのだった。要は、何グラムの金を持ち込んだかという記録が残っているだけのことだ。

「これで、作れる」

広樹は、大きめの奥歯に被《かぶ》せていたらしい金冠の一つをそっとつまみ上げた。やはり、誰かの匂いがしみついているような気がする。だが、溶かしてしまうのだ、生まれ変わるのだと思えば、気味悪がる必要もなかった。

――だけど、あんまりでかいと目立つかな。やっぱり、少しずつの方が、いいか。

新しく作るときに使用する地金などは、すべて金庫にしまわれて厳重に管理されている。だが、歯科医院から回収されてきた金は、どうせ分析屋に出すという気持ちがあるからだろう、その扱いは、かなりいい加減であることを、広樹は迂闊《うかつ》にも忘れていた。これならば、詰め物の一つや二つを抜きとったところで、誰も気づかないことは確実だった。

――少しずつで、いいんだ。それでも、粉を集めるより、ずっと早いんだから。

鼓動がますます速まっている。いよいよ、動き出すときが来たのだという気がしてならなかった。これで涼子へ贈る指輪を作るまで、秒読み段階に入ったことは確かだった。

結局、少し大きめの詰め物を三つだけ抜き取ると、広樹はそれを、自分がこれまでこつこつとためてきた金粉や湯口が入っているケースに落とした。このところ、少しばかり失われつつあった緊張感がいっぺんに戻ってきた気分だった。

5

翌週、広樹はそれまで描きためてきたデザイン画のすべてを萌美に見せた。萌美は「こんなに描いてたの」と驚いた顔になり、それからぱらぱらとスケッチブックをめくり始めた。ようやく、ここまでこぎ着けた。地金の方も目処《めど》がついたし、デザインも、それなりに納得のいくものが描けた。広樹はひたすら緊張し、何度も深呼吸をしながら、萌美の前に立っていた。

「それで？　あなたが好きな人に贈りたいって思うのは、どのデザインなの」

広樹は緊張しながら萌美の手にあるスケッチブックをめくり、何度も何度も描き直したデザイン画を探し出した。

「へえ——鳥、ねえ」

萌美は、眉間《みけん》に微《かす》かな皺《しわ》を寄せ、難しい表情でデザイン画に見入っている。そして、小首を傾《かし》げたままの姿勢で「ふうん」と言った。

「まあ、商品にするわけじゃないんだから、須藤くんがいいと思うデザインでいいんだけど。指輪にしては、ちょっとうるさい感じがしなくもないわねえ」

広樹は顔がかっと熱くなるのを感じた。

「あ——でも」

萌美はちらりとこちらを見、再び溜息《ためいき》をつく。

「これじゃあ、身につけていて、服やあちこちにひっかかるんじゃない？」

「でも、でも、俺、色々と考えたんです。あの、鳥が飛び立とうとしてるところがいいか、今、そこに舞い降りたところがいいか、それとも、あの、小枝の間を飛び移ってるみたいな——」

最初は、ただの小鳥で良いと思っていた。だが、イメージを膨らませるうちに、そして、涼子の姿を思い描くうちに、未来に向かってはばたこうとしている姿にしたくなった。

「ブローチならいいと思うけど——指輪じゃねえ」

「あ——でも、俺は、指輪にしたくて」

「個人的なプレゼントなんだから、要は気持ちの問題では、あるんだけどねえ」

そう言うと、萌美は何かを考える表情になり、わずかに口を尖《とが》らせたままで、黙りこんでしまった。広樹は、冷や汗が出そうな気分で、彼女が口を開いてくれるのをひたすら待った。

「まあ、練習も兼ねて作るんだしね、あなたがいいと思ったデザインを、実際に形にしてみることは大切だから。まだ素人《しろうと》の域は出ないけど、それは当たり前のことなんだし」

やがて、萌美はようやくいつもの笑みを浮かべてくれた。そして「やってみれば」と言った。そのひと言に、広樹はようやく息を吐き出すことが出来た。胸が高鳴っている。にわかに全身に力が漲《みなぎ》るのが感じられた。

「あの、俺、他にも色々とデザインしてみたんです。出来れば、あの、アドバイスっていうか——」

つい調子に乗って言うと、萌美はスケッチブックをぱらぱらとめくり、「そうね」と頷《うなず》く。何カ月もかけて描きためたデザインが広樹の目の前で齣《こま》落しのように現れては消えた。

「見てあげたいけど。今は、ちょっと無理だわねえ」

「だったら、それ、置いていきます。あの、急がないんで。暇なときにでも、見てもらえないでしょうか」

既に、この工房に通い始めて三年の月日が流れていた。その間に、広樹はワックスの扱いも、メタルの扱いにも慣れたつもりだった。今は、萌美の描いたデザイン画を見て、イメージと違わない作品を作り上げる自信もついてきている。勿論《もちろん》、そうなったからといって、すぐにデザインをするなどということが生意気なことは分かっている。ただ、ここまで努力しているのだということを、分かって欲しかった。

「じゃあ、分かったわ。暇を見つけてね」

萌美は、少し考える顔をしたあとで、柔らかい笑みを浮かべ、頷いた。広樹は、思わず弾むように頭を下げると、足早に自分の作業台に戻った。今ではテクスチャーを表現するためのタガネも種類が増え、すべて自分用に整形した上に、焼きを入れて作ってある。打つためのタガネも切るための物も、もうずいぶん色々な種類を持つに至っていた。

——さあ、これで動き出す。早く、技工所をやめろって言ってくれよ。金が集まれば、もうあそこには用はないんだから。

抑えようとしても心がはやる。広樹は鼻歌でも歌いたい気分で、萌美自身がデザインしたブローチの制作にとりかかった。今度の春に萌美の店で開かれる展示会向けの、いつもよりも豪華な作品だった。デザイン通りに作りながら、自分ならば、こんな工夫をするのに、同じメレダイヤを使うのでも、違う工夫をするのに、などと考えながら、広樹は少しの間、小鳥のことを忘れた。

「何だか、最近疲れてませんか？」

レストランに行く度に、涼子が心配そうな顔をするようになったのは、それからさらに一、二カ月後のことだ。使い古しの金冠や詰め物は、二週間に一つか二つの割合で抜き取り、その頃になってようやく分析屋に出すことが出来た。だから、広樹はいよいよ彼女へ贈る指輪の制作にとりかかり始めていた。

「忙しすぎるんじゃないんですか？　目が真っ赤だし」

「あんまり――寝てないんだ」

君のために、寝る時間も削っている。アパートに帰ってまで、ずっとワックスをいじってるんだ。だが、それがまるで苦にならないのは、君を思っているせいだと、広樹は口に出して言いたかった。だが、何も知らないままで、「病気にならないでくださいね」などと心配そうな顔をする涼子を見ると、結局は何も言えなくなってしまう。

ですか」

「世の中はこんなに不況なのに、宝石のデザイナーさんて、そんなに忙しいものなん

「春の展示会に向けて、今からデザインを出さないと、間に合わないんでね」

萌美からの受け売りを言っただけで、涼子は心の底から感心したように「大変です

ねえ」などと言う。そして、やはり店の人の目を盗んで、そっと甘いものを出してく

れた。

「私なんか、他のアルバイトをしたいと思うけど、それすら簡単に見つからないんで

すよ。ときどき、女優なんか目指すの、諦《あきら》めようかなあとも思うけど、今は就職だっ

て出来ないでしょう？　須藤さんみたいに忙しいなんて、羨《うらや》ましいわ」

溜息混じりに話す涼子も、そういえば心なしか憂鬱《ゆううつ》そうに見える。本当は「どうか

したの」と尋ねたかったが、広樹にはそれすら口にすることが出来なかった。

「嫌になっちゃいますよねえ、何をするにもお金がかかる世の中で」

ふいに、涼子らしくもない所帯じみた言い方をして、彼女は諦めたように笑った。

広樹は、黙ってコーヒーを飲みながら、彼女が思いきり笑うところを見たいと思った。

そのためならば、多少の睡眠不足など、どうということもなかった。

――彼女の指を飾る小鳥は、彼女の未来を予言するものだ。そして、俺の未来も、

一緒にはばたく。指輪が完成したら、俺は技工所をやめるんだから。

そして、自分は本当の宝飾デザイナーを目指す。最近では、広樹は密《ひそ》かに萌美をライバルにさえ見なし始めていた。作業に慣れてくるにつれ、彼女のデザインに不満が募ってくるのだ。自分でデザインしたものを、きちんとした商品にしたい。いつか、そうなるための第一歩が、もうすぐ始まろうとしていた。

「まあ、人生なんか何とかなりますよね」

無理に明るい顔で笑おうとする涼子をちらりと眺めながら、やはり広樹は無言で頷いただけだった。何とかなる。何とかする。ついでに、彼女の未来までも何とか出来るようになりたい。それが、広樹の夢だった。

6

「こんなに素敵なものを――」

言葉すら失った様子の涼子の前で、広樹は照れくささと不安とで、視線を定めることも出来なかった。ただ、涼子の手のひらにのった指輪だけを見つめていた。広樹の頭の中ではばたき続けていた小鳥が、今、ようやく本来の持ち主の指にとまろうとしている。

「これ――金、ですよね」

「十八金」

「――ずっしりしてる。重いわ」

「たっぷり、使ったから」

涼子が深々と溜息をつくのが分かった。おそるおそる指輪から視線を移動させると、涼子は目を精一杯に見開いて、ひたすら指輪に見入っている。その瞳《ひとみ》から彼女の気持ちを読み取りたくて、広樹は今度は懸命になって彼女を見つめた。涼子は息を呑《の》んだような表情のままでただ黙っている。

――当惑？　迷惑か？　早まったことを、したんだろうか。

「あの――」

ふいに彼女が顔を上げた瞬間、広樹は慌《あわ》てて「あのさ、いや」と口を開いた。

「深く――深く、考えなくて、いいんだ。ただ、俺は、こういう仕事をしてるんだし、君には、いつもサービスしてもらってて、俺は、ええと――」

「ありがとうございます」

涼子は、にっこりと笑いながら、ぺこりと頭を下げた。そして、恭《うやうや》しい手つきで指輪をつまみ上げると、そっと右手の薬指に入れる。その瞬間、広樹の心臓は再び凍りつくかと思うほどに緊張した。涼子の唇の間から、吐息と共に「ぴったり」という言葉が洩《も》れた。

「本当に——私が、いただいちゃって、本当にいいんですか？」

嬉《うれ》しさに涙が出そうだった。相変わらずの深夜のレストランで、他の客がいなくなるのを見計らうまでに、広樹は一時間以上も待っていた。そして、ようやく手の空いた彼女が近づいてくるのを待って、ケースに入れた指輪を差し出したのだ。

「どうして、私の指のサイズまで？」

「いや、ずっと見てて——それくらいかなあと思ってさ」

「すごおい！　さすがにプロなんですねえ」

急いで頷きながら、広樹は技工士としてでは絶対に得られない喜びを得たと思った。今、涼子の指にとまり、明日になったら陽の光を浴びて輝く小鳥こそが、広樹のこの数年の忍耐と努力を知っている。

「でも、私、こんなことしていただくようなこと、何も——」

「いや、いいんだ。あの——本当に深い意味なんか、ないんだから。あの——まあ、大事にしてくれれば、いいんだ」

「大切にします。肌身離さず」

これで、広樹の気持ちが伝わっていないはずがない。嫌いな男からもらった物を、肌身離さず大切にするなどと言うはずがない。

「あのさ――」

「須藤さんって、本当にいい人なんですねえ」

「あの――」

「あら、いけない。こんな時間になってたんだわ」

どうしても言いたいことがあった。自分の気持ちを分かって欲しい、指輪と一緒に、受け取って欲しいと言いたかった。なのに、店の壁に掛けられている時計を見上げた涼子は、すっかり慌てた表情で「ごめんなさい」と頭を下げた。

「明日、オーディションがあるんです。小さな役なんですけど、私、今度こそ頑張ろうと思って」

「ああ、ああ――オーディション、か」

「何だか幸先《さいさき》がいいって感じ。私、勇気が出てきちゃった」

今度、ゆっくりお茶でも飲みましょうねと言い置いて、彼女はばたばたと去っていった。結局、何を言うことも出来ないまま、広樹はいつもの席に取り残された。

――まあ、いいか。

大きな仕事を、ようやく一つやり終えた気分だった。今夜こそは、ぐっすり眠れると思ったのに、逆に涼子の顔がちらついて、その晩も広樹はほとんど熟睡することが出来なかった。

涼子を見たのはそれが最後だった。

「やめたんですよ。何かのオーディションに合格したとかでね、これから忙しくなるからって」

彼女を見かけなくなってから、思いきって店の人間に尋ねるまで、二週間もかかった挙げ句、広樹がファミリー・レストランの店員から得た情報は、それだけだった。

その店員は、深夜の常連である広樹を勿論覚えていたけれど、涼子の自宅や電話番号などについては「教えられない」と言った。

「あの――彼女は僕に、用があったはずなんだけど」

「何か、約束でも？」

「ああ、まあ――そんなところだけど」

「だったら、向こうから連絡があるんじゃないんですか。お客さんに」

男の店員に胡散臭《うさんくさ》い目つきで言われて、広樹は慌てて目を伏せながら、目の前が真

かない。

　こんなに嬉しそうだったのに、どうして何も言ってくれなかったのか。この広い東京で、どうやって彼女を捜せば良いというのか、皆目見当がつかない。

　——こんなことなら、俺の住所だけでも教えておくんだった。カードでも添えておけば、よかったんだよな。

　だが、彼女にその気があるのならば、きっと客としてでもこの店に現れるに決まっている。そうだ、急に忙しくなったから、連絡も出来ずにいることを彼女は悔やんでいるに違いない。彼女はきっと来る。自分にそう言い聞かせて、広樹はそれからも同じ店の同じ席に陣取ることにした。だが、一カ月過ぎ、二カ月が過ぎても、涼子は広樹の前に現れなかった。

　——小鳥と一緒に、飛び立っていっちまったっていうことだろうか。

　苛立《いらだ》ちは不安になり、やがて絶望へと変わっていった。広樹は、以前よりも一層黙りこくって仕事をするようになっていった。技工所の仕事は相変わらずだ。広樹自身は、今日にだってやめてやる決心がついている。それなのに、萌美は一向にOKを出してくれない。数カ月前まで、自分の前に真《ま》っ直《す》ぐに伸びていたはずの未来が、いつの間にか泥沼にはまっている。そんな気分になっていた。

「今どき、珍しい患者がいたもんだってさ」

ある日、昼食の後でぼんやりとしていると、外回りの人間が戻ってきて世間話を始めた。技工所の中でもっとも賑《にぎ》やかなその男は、一カ所にこもって仕事をする技工士たちに外の情報をもたらしてくれる、唯一《ゆいいつ》の存在でもあった。

「金歯を入れるのに、これでお願いしますって」

アタッシェケースに入れられている箱を取り出す男をぼんやりと眺めていて、だが、広樹は一瞬のうちに頭を殴られたような衝撃を感じた。遠目からでもすぐに分かる。それは間違いなく、あの指輪だった。

「いらない指輪があるから、それでって、持ってきたんだってよ。その上、余った分を治療費にしてくれって」

何も知らない男の手のひらで、広樹の作った輝く小鳥がころころと揺れている。広樹は、顔がかっと熱くなるのと同時に、腹の底からうねるように怒りがこみ上げてくるのを感じた。

「でも、いい指輪だぜ。これだけたっぷり使ってたら、高かったんだろうにな」

「でも、そう趣味がいいとは、いえないいんじゃないか」

こともあろうに井上が、男の手から指輪をつまみ上げて眺めている。広樹は「やめろ」と言おうとして、思わず立ち上がった。椅子《いす》がガタンと大きな音を立てた。だが、誰も広樹の方を見向きもしない。

「先生も苦笑してたよ。だけど女優志願の結構可愛《かわい》い患者らしいんだな。まあ、これだけの指輪ならクラウンの一つや二つ作っても、十分余るだろうし——」

——肌身離さずって、そういう意味だったのか。最初から溶かすつもりだったっていうのか。

俺のこころを、何年もかけて、やっと生命を得た小鳥を、涼子は惜し気もなく溶かし去るというのか。

いたたまれない気持ちで、広樹は誰からも呼び止められないまま、作業所から外に飛び出した。去年の今頃と同じように、緑と土の匂《にお》いを含んだ風が吹き抜けていく。あんなにも長い間、広樹の頭の中ではばたき続けていた小鳥が、こんな形で帰ってくるなんて、そんなことがあろうとは、思ってもみなかった。

——諦めようと思ってたんだ。女優として成功してくれるんなら、指輪にこめた願いは、半分はかなえられたことになると思ったから。

悔しさとも悲しみともつかない感情が手を震わせる。自分が、どんな思いでかき集めた金を溶かしたか、涼子には分からなかったのだろうか。そんな娘だったのか。

「何でだよ――」

気がついたときには、電車に乗っていた。萌美の工房に向かう電車だ。こんなときに、あの陰気くさい技工所で仕事を続けることなど、出来るはずがない。あの指輪が、他の金冠たちと一緒に引き出しにしまわれるところなど、見たくはなかった。じんじんと痺《しび》れる頭で、広樹はひたすら「どうしてだよ」と呟《つぶや》き続けていた。

――俺が、おめでたすぎたのかよ、え？　俺の思い込みだったのかよ。

電車の振動に身を任せていると、それでも、怒りは徐々になりをひそめ、代わって冷たく、凍りつきそうな悲しみがこみ上げてきた。あの笑顔を信じていた。涼子の誠意を、真心だと思っていたのだ。

つい、涙さえこみ上げてきそうになって、広樹は慌てて目を伏せた。そのとき、隣の客が開いている週刊誌が目に入った。

【これでも不況？　新進ジュエリー・デザイナーの繰り広げる華麗な世界】

今度こそ、広樹の頭は空白になりそうだった。カラー・グラビアで大きく扱われているペンダントとブローチ、それは、確かに見覚えのあるデザインだった。各所に宝石をちりばめて、ずっと豪華になっているが、それは広樹がデザインしたものに違いなかった。

——何だよ、何が、どうなってるんだ。

真っ直ぐに前を見ていないと、その場でどうにかなりそうだった。広樹は、機械仕掛けのようにいつもの駅で降り、ふらふらと工房に向かって歩いた。いや、鼓動は、かつてないほどに速まっているのだ。それなのに、地に足がついていないような、ふわふわとした感覚しかない。頭の中で、涼子と萌美の二人の笑顔がくるくると回り、広樹を嘲笑《あざわら》いながら、やがて一つに溶け合っていく。

——何かの間違いだ。俺の未来を横取りするはずがないじゃないか。

広樹はぼんやりとエレベーターを降り、工房の扉を開けた。

「あ——」

最初に気づいた誰かが、驚いた顔を上げた。機械的に、広樹は彼の方を見て、その手元にある物も認めた。夜に進めている作業とはまるで異なる作品を作っている。それは、紛れもなく、あのグラビアを飾っていたブローチに違いなかった。広樹は、怯《おび》えた表情でこちらを見ている仲間を無視して、真っ直ぐに工房を進んだ。昼間は店の仕事をしているはずの萌美が、奥の部屋で誰かと電話で話している。彼女は広樹に気づくと、一瞬驚いた表情になって、手早く電話を切った。

「——説明、してください」

自分の声が遠くに聞こえる。脳貧血でも起こしそうな感じだった。だが、それでも工房の誰かの椅子の軋《きし》みまで、はっきりと聞き取ることは出来る。

「どういう、ことなんですか。あれ、俺が萌美さんに預けた——」

「どうしたの、須藤くん。あなた、何を言ってるの」

萌美は、いつもと変わらない静かな表情で広樹を見上げている。だが、広樹は、一点しか見つめることが出来なかった。萌美の机の上に広げられているデザイン画だ。それは、まさしく広樹のデザインをそのまま写し取ったものに違いない。

「何で、そんな真似《まね》、するんだよ！」

「何の話をしてるの？」

今度は、萌美は眉《まゆ》をひそめた。それから、「何だか知らないけど、落ち着きなさいよ」と言いながら煙草《たばこ》に手を伸ばす。人のデザインを盗んでおいて、落ち着けとは、どういうことなのだ。広樹は、膝《ひざ》の裏ががくがくと震えるのを感じながら、必死で萌美を見つめた。

「俺のデザイン、盗んだんだろう。俺のスケッチブックから、盗んだな？」

だが、萌美の表情はまるで変わらない。それどころか、広樹が初めて見る不敵な表情で、彼女は広樹に向かって煙草の煙を吹きかけた。

「言いがかりでも、何でもないだろうっ。あんた、俺のデザインを盗んだじゃねえか！」

「何の言いがかり？」

「ふざけたこと、言わないでよ！」

かつて聞いたこともない、萌美の激しい声が広樹の鼓膜を震わせた。空白になったままの頭に響いて、それは涼子の笑顔と重なっていく。もう、何を考えることも、出来そうになかった。

「何を証拠に、そんなこと言うわけ？　どうして私が、あんたみたいな駆け出しのデザインを盗む必要があるのよ、ええ？　私はねえ、あなたとはキャリアも才能も違う、プロのデザイナーなのよ。その私に、須藤くん、自分が何を言ってるか、分かってるの？」

「——あんた、俺のデザインを盗んだんだ」

「だったら、その証拠を見せてちょうだいっていうの。私があなたのデザインを盗んだっていう証拠を。ええ？」

そういうことだったのか——。皆、自分を利用するだけなのか。空白の頭の中に、皆の嘲笑《ちょうしょう》が響き渡った。井上が、涼子が、そして萌美が、皆で自分を笑っている。お人好《ひとよ》しなのろまだと、手際《てぎわ》の悪い間抜けだと、皆が自分を笑っている。

「聞こえてる？　急に飛び込んできて、何をわめくのかと思えば、人聞きの悪いことを言わないでもらいたいわ。いい？　これは、名誉の問題なのよ。手際が悪いのも我慢して仕込んでやったのに、いつまでたっても一人前にならないような人に、どうしてそんなことを言われなきゃならないの？　私はあなたに——」

どうしてあんなに素早く動くことが出来たのか、後から考えると不思議だった。気がついたときには、広樹は手近にあったキサゲを握りしめて、萌美に突進していた。恐怖に引きつった彼女の顔が、すぐ目の前にあった。

「須藤くん、あなた、何てこと——」

確か最後に、萌美のそんな言葉を聞いたと思う。続いて、誰かの悲鳴を背中で聞きながら、広樹はキサゲを握りしめたままで工房から出た。

雨が降るのだろうか。湿り気を含んだ風が吹き抜けていく。人の溜息《ためいき》のような生温《なまぬる》い風の中を、広樹はふらふらと歩いた。ふと電話ボックスが目にとまった。少しの間、立ち止まり、それから広樹は吸い寄せられるように電話に近づいた。

「——須藤ですけど。あの、さっきの指輪を出してきたの、どこの歯科って言ってましたっけ」

自分の声とも思えなかった。広樹はズボンのポケットの中でキサゲを握りしめたまま、灰色の絵の具をといたような空を見上げた。ツバメらしい鳥が、ついと飛び去っていくのが見えた。

泥でい

眼がん

1

「どこが、いけないんですか」

蟬《せみ》さえ鳴かない暑い夏だった。軒に吊《つる》した風鈴は、そよとも吹かない風に短冊《たんざく》をだらしなく垂れ下げるばかりで、気休め程度の音も鳴らさない。土の乾ききった庭には、小石一つの影までが、くっきりと黒く落ちていた。さっきまで首にかけていた、汗拭《ふ》き用のタオルを膝《ひざ》の上で握りしめて、浅沼は出来る限り押し殺した声を出した。

「いけないとは、申しておりません。ただ、私の思っているのとは、違うということです」

冷房の効く応接間へと言ったのに、「お構いなく」と涼やかに笑い、窓を開け放ったただけの暑苦しい仕事場に入ってきた客は、今も汗一つ浮かべず、感情のこもらない声で淡々と答える。藍色《あいいろ》の絽《ろ》の着物を、ぴちりと襟元を合わせた着こなしで、彼女の表情は実に静かなものだった。

——何様のつもりなんだ。

つい、そんな台詞《せりふ》を叩《たた》きつけたい衝動を辛《かろ》うじて抑え、浅沼は深々と息を吸い込んだ。彼女と浅沼の間には、出来上がったばかりの面《おもて》が、虚《むな》しく宙を見上げている。客は、それを一目見るなり「打ち直してください」と言い放ったのだ。

「——どこが違うのか、仰《おつしや》っていただかないことには、私も納得出来ません。この前のときもそうだった。私は、あれだって、それなりに良い仕上がりのつもりだったんです」

「それは、存じております。ただ、私は、こういう面をお願いしたつもりではない、ということです」

同じ台詞を、浅沼は桜の頃にも聞いていた。知り合いの能楽師の紹介で浅沼を訪ねてきた日本舞踊家の市邑緋絽枝《いちむらひろえ》は、新しく自分で振り付ける新作の舞台のために、泥《でい》眼《がん》の面を打って欲しいと依頼してきた。それは、数えてみれば既に去年の秋のことだった。

「ひと言で申しますなら、雰囲気としか。こう、違うんですの、面差《おもざ》しから汲《く》み取られる思いの込め方というんでしょうか、研ぎ澄まされ方が」

「ですが、泥眼というのは、こういう面です」

「存じております。けれども、私の描いている泥眼は、もっと思い詰めている、もっと、後悔や自責、郷愁や憐憫《れんびん》をうちに秘めながら、その上で自分の情念に身を任せようとしている顔なんです」

浅沼の中で苛立《いらだ》ちが膨れ上がった。そんなに偉そうなことを言うのなら、能面という、制約の多い表現方法の中で、自分で打ってみるが良い、と言いたかった。

「勿論《もちろん》、きっと、この面を気に入られる方は大勢いらっしゃると思いますわ。浅沼さんのお作の質が悪いと申しているのではございません。ただ、私のお願いしたいものとは違うということですから」

市邑緋紹枝は、見たところ四十代の前半に見えた。だが、彼女を紹介してきた能楽師の話によれば、そろそろ五十に手が届くはずだということだ。この暑さにも汗もかかず、背筋をぴんと伸ばしたまま、ぴたりと姿勢が決まっているところなどは、さすがに舞踊家らしいと思わせる。だが、浅沼の中では、どうも日本舞踊というものを、半ば胡散臭《うさんくさ》いもののように感じている部分がある。所詮《しょせん》は能楽の歴史にはかなわない、女子どもの演じる芸事のような感じがして仕方がないのだ。

「——どういう舞台にお使いになるつもりなのか、聞かせていただけませんか。泥眼といえば、能の世界では——」

「今、あなたに能の手ほどきを受けようとは思っておりませんの。よく存じている上でお願いに上がっていると申しましたでしょう」

浅沼にしても、そろそろ不惑の坂が見え隠れする年齢に達していた。日舞の世界では有名か知れないが、能に関しては素人《しろうと》であるはずの女に、たとえ自分より一回りも年上とはいっても、こんな屈辱的な物言いをされる覚えはない。

——それで、踊りが観《み》られたものじゃなかったら、お笑い草だ。

だが、出来ませんとは口が裂けても言いたくなかった。意地も誇りもある。何より、ここまで自信たっぷりに自分のイメージ通りの面を要求してくる舞踊家の口から、賛嘆の言葉を聞きたいという思いもあった。

「女の妄執と申しますか、そういったものをね、もう少し、お考えいただきたいんです。たとえ、知識や教養があろうとも——いえ、あればなおさら——生霊《いきりょう》にまでならなければいられない女というものを。さらに、この女には、それまでの人生があったのだということも」

女はそれだけ言うと、すっと姿勢を動かし、脇《わき》に置かれたバッグを手に取った。

——何が、女の、妄執だ。

客を玄関まで見送った後、仕事場まで戻った浅沼は、思わずがっくりとうなだれ、熱気の中に深々と溜息《ためいき》を吐き出した。ぽつりと残された泥眼の面を、何とも恨めしい気持ちで眺める。

「おまえの、どこが気に入らないんだろうなあ、あのばあさんは」

こちらの方が、泥眼なみの表情になりそうだ。だが、あいにく浅沼は男だったし、それ程思い詰めるという性格でもなかった。

「冗談じゃ、ねえよなあ。素人に、あそこまで言われて、たまるかよ」

悪態はついてみるものの、落胆は隠しようがない。浅沼は、仕事場の前の縁側に立ち、風鈴の短冊を指で弾《はじ》いた。ちりん、と、涼を呼ぶには力ない音がして、短冊は再び垂れ下がった。

2

長い歴史を経て完成された能楽と共に、能面も一つの形が完成している。後に続く作家は、己の創意工夫のみで新しい面を打つことは出来ない。すべては手本となる能面の大きさや顔の造作を模写するところから、能面は模倣の芸術とも呼ばれる。

「また、やり直しになったの」

その日、夕食のときに、年老いた母に言われて、浅沼は自分でもそうと分かるほど、苦虫を嚙《か》み潰《つぶ》したような顔になった。その顔を見て、母は、薄い肩をわざとらしいほどに上下させて溜息をつく。

「さっき、千都子さんから電話があったわよ。あんた、彩ちゃんの予備校の費用、出すって言ったんだって？」

ただでさえ苛立っているときに、母のその報告は余計に浅沼の神経を刺激した。確かに、最初の妻との間に出来た子どもの姉娘の方が、高校受験のために予備校の集中講義を受けたがっていると聞いたとき、自分が受講料を請け負うと、浅沼は約束していた。だが、日々の生活に追われ、しかもその大半を泥眼に集中していたおかげで、すっかり忘れていたのだ。

「嫌味を言われちゃったわ。『おたくの息子さんには、昔からそういうところがありましたものね』って」

「そういうところって」

「安請け合いってことでしょうよ」

浅沼は、あからさまに舌打ちをすると、温《ぬる》くなり始めたビールを一息に飲み干した。母は、そんな浅沼を見てか見ないでか、すいと食卓を離れ、冷蔵庫から麦茶を取り出してきて「こうも暑いと、何も食べたくないわ」などと言いながら、自分の分だけをグラスに注ぐ。

「お料理しているだけで、くたびれ果てるのよ。まさか、この歳《とし》まで息子の食事の世話をすることになろうとは」

母の口からこの台詞が出るときは、決まって話が陰気になる。いくら母子《おやこ》とはいえ、別れた妻たちの話を繰り返されるのは、ことに今の浅沼にはたまらなかった。

「なあ、あのさ――」

「せめて、紘子《ひろこ》さんのときくらい、もう少し我慢が出来なかったものなのかしらねえ。そうすれば、こんな暑い日に、台所に立つことなんかなかったのに――」

「面倒だったら、いいって言ってるじゃないか」

「紘子さんは、よくやってくれてたと思うわよ。お料理だって上手だったし、お母さんは好きだったのに――」

「出来合いを買ってきたっていいんだし、外で食ったっていいんだから」

「誰が買いに行くの。外で食べるっていったって、値段の割に味は不味《まず》いものばっかりで、油だって悪いのを使ってて――そういえば、美枝さんは、他は駄目だけど天麩《てんぷ》羅《ら》は上手に揚げたわねえ。あの子がいた頃は、桃も届いたし、葡萄《ぶどう》も――」

――思いの込め方。研ぎ澄まされ方。

「まったく、お父さんに叱《しか》られるのは私なんだから。きっと、お墓の中でやきもきしてるわ。『いったい、うちの墓に入ってくるのは、どの女なんだ』って。まさか、倅《せがれ》が四回も女房をかえるなんて、思ってなかったに決まってるんだから」

――泥眼の、それまでの人生、か。

「それに、誰だった？　美枝さんの前の、ほら――」

「育代――もう、やめてくれよ。今更、そんな名前を次から次へと出してきて、どうなるっていうんだよ」

つい気色《けしき》ばんだ言い方をすると、母は眉《まゆ》をひそめて非難がましい表情に変わり、浅沼を睨《にら》みつける。

「あなたねえ、世間体っていうものも、少しは考えてちょうだいよ。ご近所では、何て言ってると思うの？　私が鬼のような姑《しゅうとめ》だから、嫁がいられなくなるんだって、そう言われてるのよ。まったく、その節操のなさときたら誰に似たのかしら。だいたい、私もお父さんも、そういう育て方をした覚えもないし、私たちはお父さんが亡くなるまでずっと連れ添ってきたっていうのに――」

年老いた母親に本気で怒鳴ることも出来ないから、浅沼は心底うんざりしながら、そそくさと食卓を離れてしまった。自分で焼酎《しょうちゅう》の烏龍《ウーロン》茶割りを作り、さっさとリビングルームに行くと、リモコンでテレビのスイッチを入れる。野球中継の合間を縫って、まだ母の愚痴が続いているのが聞こえてきた。

「――女の恨みなら、さんざん買ってるんだろうにねえ、泥眼一つも満足に打てないなんて。別れた女房たちの顔でも思い浮かべりゃ、いいんだ――」

言われるまでもなく、浅沼だってそういうつもりだった。何の自慢にもなりはしないが、四度の結婚は、いずれも浅沼の浮気が原因で破綻《はたん》した。その都度、家は嵐《あらし》に見舞われたような騒ぎになり、女たちはそれぞれの表情、言葉で浅沼に対する恨みをぶつけた。ときには、そんな険悪な状態が半年以上も続いたことさえある。仕事柄とでもいうのか、浅沼はそんな彼女たちの表情を、どこか他人事のように冷静に、半ば感心して観察していたものだ。だからこそ、泥眼を打って欲しいと依頼されたとき、個人的に好きな面とは言いがたかったにもかかわらず、あっさりと請け負ってしまった。だてに女で苦労はしていないという、自負もあった。

――安請け合い、か。

結局、プロ野球など観《み》ていても、まるで気持ちがほぐれなくて、浅沼は焼酎の入ったグラスを持ったままで仕事場に戻ることにした。台所を抜けるとき、母はまだ「情けなくて涙も出ない。こうも暑くて涸《か》れたのかしらね」などと嫌味を言っていた。

「――涙は涸れても声は嗄《か》れない、か」

仕事場に戻ると、自然にそんな台詞が口をついて出た。とりあえずは、習慣的に仕事場の片隅にしつらえてある漆風呂《ぶろ》を覗《のぞ》く。これは、浅沼の亡父が茶簞笥《だんす》を利用して作ったもので、木彫りを終えた面の裏に漆を塗った後、それを乾燥させるための設備だった。そこには、制作途中の小面《こおもて》が二面、ひっそりと漆の乾くのを待っていた。

「だいたい、俺はこういう若い、美しい女の面が好きなんだ。それを、妄執だの、研ぎ澄まされ方だの、好き勝手なことをぬかしやがって」

漆は埃《ほこり》が大敵だから、異常がないことを確認すると、すぐに戸を閉めてしまう。八畳ほどの仕事場は板張りで、その半分ほどは、面を打つ桂《かつら》の作業台と、ノミや丸刀、木槌《きづち》、鉈《なた》などといった彫るための道具、刷毛《はけ》や筆、乳鉢などの彩色のための用具で埋まっていた。壁面には、父が遺《のこ》した幾つかの面が掛けられているし、能と能面に関する書物の類《たぐい》が詰め込まれた、古い書棚もある。家そのものは、改築を重ねてきていたが、この仕事場だけは、浅沼の幼い頃とまるで変わっていなかった。

――一体、どこが気に入らないっていうんだ。

壁に寄せられた座り机の上では、引き取られ損ねた泥眼が、相変わらず恨めしそうに宙を見据えている。浅沼は、やはりがっくりと力が抜けるのを感じながら「悪く思うな」と呟《つぶや》いた。そして、そそくさと面《おもて》を面袋にしまい込んでしまった。市邑緋絽枝の言う通り、他に買い手はつくだろうとは思う。だが、差し当たって泥眼の注文を受けてもいなかったし、この類の面が装飾用として売れるとも思えない。

——冗談じゃねえよな、まったく。俺の時間を返してもらいたいよ。

さっき母から聞いた話が思い出された。確かに、娘の予備校の費用を払うと、浅沼は約束したのだ。別れた妻には、どう思われようと仕方がない。それでも、子どもたちには、あまり悪い父親とばかり思われたくはなかった。共に暮らさなくなって十年以上の月日が流れているが、浅沼なりに、子どものことは考えているつもり、いや、考えなければならないと思っている。

——まあ、元々良くは思われてはいないんだろうが。

結局のところ、浅沼は冷めかけた風呂のような、出るに出られない安定した暮らし、深々と息を吸い込んだときに、当然の如《ごと》く自分の内一杯に広がる生活の匂《にお》いというものが嫌いだったのかも知れないと、最近になって思うことがある。だからこそ、小波《さざなみ》程度で済ませられそうな間に女房たちを宥《なだ》める努力よりも、さらに新しい刺激を求め、女たちから違う表情を発見し、また普遍的な表情を摑《つか》むことを望んだ。だが、そんな考えを簡単に受け入れる女は、ついにいなかった。「芸術のためだとでも言いたいの」と、目を血走らせて叫んだ女もいた。

四人の別れた妻のうち、最初と三番目の妻との間には、それぞれ二人と一人ずつ、子どもが生まれていた。その三人の子どもが成人、または希望の学歴を取得するまでは、全面的に養育費を支払うというのが、二人の妻との離婚の条件だった。子どもの出来なかった、あと二人の妻には、それなりの慰謝料を分割で支払っている。それだけの金額を捻出《ねんしゅつ》するのは容易なことではない。その結果、浅沼は演能用ばかりでなく、デパートや画廊を通じて販売される、装飾用の面の創作を増やし、能面教室の講師までも引き受けることになった。

——一両日中には、振り込まなきゃ、ならんだろうな。

つい先週、檜《ひのき》を扱う材木商に、かなりの金額を支払ったばかりだった。能面にもっとも適している尾州檜は、年々その数を減らしており、良材となると値段も高くなり続けている。だが、用材がなければ仕事にならないのだから、仕方がない。結局は向こうの言い値で支払わされるのがいつものことだった。

——教室の月謝が入るのは来月の初めだ。そうなると。

残った道は一つだった。浅沼は、能面教室の生徒たちの技術の向上に合わせて、様々な面の当て型を一人一人に売り与えている。当て型と呼ばれる面型は、面の創作には欠かせないもので、面の造形を、輪郭、横顔、鼻の高さ、目の位置、口の幅など、いろいろな角度から取った型紙のことである。一つの面の当て型を売れば、浅沼の手元には労せずして、数十万の金額が入ってきた。

——今度の教室のときに、切り出してみるか。

頭の中で、老後の趣味として能面作りを選んだ、金と暇を持て余している生徒の顔を二、三思い浮かべ、ようやく少し気が楽になると、浅沼の頭は再び市邑緋紹枝と泥眼《でいがん》に戻った。

確かに面打師として、完璧《かんぺき》に満足のいく作品など、そう滅多に出来るわけではない。だが、若手ではあるものの、プロとして、それなりに評価も得てきている自分の作品の、一体どこが気に入らないのか、浅沼にはどうしても分からないのだ。それなのに、市邑緋紹枝は、木で鼻をくくったような言い方で「違います」の一点張りだ。

「たかだか、創作舞踊に使うんじゃねえかよ」

声に出して言うと、数時間前にこの部屋に座っていた彼女の姿が、いっそう鮮やかに思い出された。人前で踊りを披露するのだから、度胸がすわっているのは当然にしても、憎らしいほどのあの落ち着きは、なんとも浅沼の癪《しゃく》に障《さわ》る。

「――見てろ、あっと言わせてやるから。ちゃらちゃらした踊りになんか使いやがったら、面の方が怒り出すような泥眼を、打ってやるさ」

一人でぶつぶつと言い続け、その日、浅沼は夜も更《ふ》けきるまで焼酎を飲んだ。ふらふらになって、そのまま寝入る頃には、頭の中で泥眼がくるくると回っていた。

3

「へえ、また打ち直しを、ねえ」

数日後、市邑緋紹枝を紹介してきたTという能楽師を訪ねると、彼は驚いた顔になって、しきりに顎《あご》をさすった。本来ならば、面の打ち直しを命じられたなどということは、あまり聞こえの良い話ではない。だが、浅沼は彼女が拒絶した泥眼の面を携えて、Tのもとを訪ねたのだった。

「私は、好きですがねえ、いい顔に出来てるじゃないですか」

浅沼よりも五、六歳年長の能楽師に言われて、浅沼はようやく胸のつかえが下りた気分になった。

「なかなか、不気味に出来てますよ」

泥眼という、目に金泥《きんでい》をほどこされた女の面は、かつては人間を超えた存在の表象、菩薩《ぼさつ》の面であったというが、能の歴史と共に意味合いを変え、いつの頃からか女の生霊《いきりよう》を表す面と言われるようになった。能の舞台では、夫に捨てられた女が恨みに思い、お百度を踏んで嫉妬《しつと》の鬼に変わり果てるという筋書きの『鉄輪《かなわ》』や、源氏物語の「葵《あおい》の巻」による、光源氏の寵愛《ちようあい》を失った六条の御息所《みやすどころ》が恋の未練と妬《ねた》みから生霊となる『葵上《あおいのうえ》』といった演目に使われる面である。

「私なりに、時間もかけましたし、これまで打たせていただいた泥眼の中では、良い出来だと思ったんですが」

Tは「なるほどね」などと言いながら、面の面紐《ひも》を通す部分を両手で持ち、表情ばかりでなく、塗りの具合、仕上げの具合などについても子細に感想を言ってくれた。彼の表情から、浅沼はTがその泥眼に実際に面当てを添え、自分の顔につけるときのことまでも考えているらしいことが見て取れた。

「以前、掘り出し物だという泥眼を見たことがあったんですがね。それは、もっと野性的で、『葵上』には適さないと思ったんだが、これなら、いいかも知れませんなあ」

能面は、直接顔につけるわけではなく、額と両頰の部分に面当てというものを添えて、その上で脇《わき》から回した紐によって頭の後ろで固定する。仕上がりがどんなに美しくとも、舞台に上がり、台詞《せりふ》を言ったときに声がこもってしまう面は優れているとは言えない。だが、そればかりは用材の質にもよるので、面打師の力量をはるかに超えたところでの評価、ということでもあった。

「と、いうよりも、いやあ、ぴったりかも知れません」

Tの手の中で、泥眼は虚《むな》しく宙を見つめている。陰険そのものの、思い詰めた表情で、わずかに開かれた口元からは、今にも悔しさのあまりのすすり泣きか、呪詛《じゆそ》の言葉でも洩《も》れ出てきそうだ。嫉妬や怒りの情念が、あまりにも膨らみすぎたために、まさに正気を失おうとしている瞬間の女の顔、理性が感情によって吹き消されようとする表情、それが泥眼だった。この顔が、もっと執念深くなり、理性をかなぐり捨て、感情を昂《たかぶ》らせていくと、髪は乱れ、口は裂けて牙《きば》を剝《む》き、角《つの》さえも生えてきて、生成《なまなり》、般若《はんにゃ》、蛇《じゃ》の面へと変わっていく。泥眼は、目には金泥を施すものの、女が執念の鬼、怨霊《おんりょう》の化身となり果てる寸前の、最後の人間の表情といって良かった。

「不安になりましてね。何というか――自分では、そんなつもりはないんですが、装飾用の面も打ちますもので、そちらの癖が出てしまっているだろうかとも」

思いきって打ち明けると、Tは目を瞬《しばたた》かせながら幾度か頷《うなず》き、少しの間、考え込む表情になった。

「泥眼を部屋に飾りたいという人は、そうはいないだろうとは、思いますがねえ」

半ば冗談混じりに言うものの、Tの表情は真剣そのもので、行き場を失った泥眼を見つめている。浅沼は不安を抱きつつ、Tの顔と泥眼とを見比べていた。誰でも、自分の作品を評価されるときには不安になるものだが、ことに装飾用の面を多く手がけるようになってから、浅沼の不安は以前よりも大きくなっていた。

本来は衣装をつけた能楽師が顔につけ、舞われるためにある能面だが、遠くから見て美しいと感じられ、能楽師の動きと一体になってこそ、その本領を発揮する能面と、壁に掛けられ、一定の位置からのみの照明を浴びて、それだけで美しいと感じられる面とでは、自ずから雰囲気が異なってくるものである。能楽師が見て優れていると感じる面は、何よりも舞台に上がったときに、その表情が千変万化し、感情を持つように見える、つまり、作品の完成度に演じる者の入り込む余地を残しているものということになる。

「私は、いいと思うが」

Tは、最初の感想を繰り返すと、少しの間、その面を預からせてくれないかと言ってくれた。浅沼は、ほっと胸を撫《な》で下ろし、市邑緋紹枝が帰って以来、ずっと抱えてきた不安をようやく解消させることが出来た。

「それにしても、一体、どういう方なんですか」

自分の腕に間違いがなかったと分かると、俄然《がぜん》、市邑緋紹枝に対する怒りと不信が湧《わ》いてくる。出された茶に手を伸ばす余裕も生まれて、浅沼は改めてTを見た。あんなに厄介な客を紹介してきたのはTではないかという、恨めしい気持ちも手伝った。だが、Tは磊落《らいらく》に笑うと、「ああ、緋紹枝先生ねえ」と頷く。

「難しい方であることは、確かです。浅沼さんはご存じないかも知れないが、あのお師匠さんは、日舞の世界では相当な方でしてね、私たちの世界ともご縁は深いんですな——おや、降るかな」

ちょうど陽が翳《かげ》ってくる時間だった。急に雲行きが怪しくなったと思ったら、雷鳴が轟《とどろ》き始めて、浅沼はTから、ビールでも飲みながら、じきに降り出すに違いない夕立をやり過ごさないかと誘われた。泥眼は面袋に戻り、浅沼の手からTの手へと移った。すっかり気持ちも落ち着いたところで、Tは改めて話し始めた。

「何でも、相当なお家柄のお宅の一人娘だということでしてね、小さな頃から踊りがお好きで、十歳になる前から、先代のお家元についてお稽古《けいこ》なさってたということです。とにかく、芸に厳しい方で有名ですよ。ご自分の美学というのかなあ、そういうものをぴっちりとお持ちでね、少しでも、そこからはみ出るような者がいると、たとえ、何年も教えてきた弟子でも我慢が出来ないらしい。そういう拘《こだわ》りが、踊りだけでなく、小道具にでも何にでも向かわれるんでしょう」

つい今し方、Tに泥眼を預かると言われて、少しばかり上向いた気持ちが、早くも新たな不安に揺れ動き始めている。これは、とんだ厄介なばあさんを紹介されたものだと、そんな気がしてならなかった。

「私どもの方へも、もう何十年も前から、所作のお稽古ですとか、色々なことで、よく足をお運びになられるんですが、お囃子《はやし》方の音色にまで、大変な神経を配られていますねえ。日舞の地方《じかた》さんでも、あのお師匠さんに嫌われて、二度と使ってもらえなくなった人は一人や二人じゃないっていう話です」

「そんなに気難しいんじゃあ、ご家族はさぞかし大変でしょうな」

半ば自棄《やけ》気味にそんな悪態をつくと、Tはわずかに眉《まゆ》をひそめて、その割には愉快そうに「お独りなんです」と言った。

「お独り、なんですか。ずっと?」

ただでさえ大きな目を一層大きく見開いて頷き、Tは、「本人から聞いたわけではないが」と前置きをした上で、市邑緋紹枝の過去を聞かせてくれた。ビールを酌《く》み交わしながら、浅沼はただ感心してTの話を聞いていた。

相当な家柄でもあったし、一人娘でもあることから、彼女の親はかなり気を揉《も》んだということだったが、彼女は親の持ってくるどんな縁談も断り続け、結局、独身を通しているという。だが、若い頃の市邑緋紹枝は、それこそ舞台に上がると客席から溜《ため》息《いき》が洩《も》れるほどに美しかった。彼女に熱を上げた男性の中には、日舞の世界だけでなく、現在の能楽界の重鎮と言われている人物や、政財界の人物の名までも混ざっており、その数も相当なものだったらしい。

「なるほどねえ。それは、すごい」

腹の中では気に食わないと思いながら、浅沼は、さすがに、これはかなわないと思い始めていた。十歳以上も年下の面打師ふぜいが、おめおめとかなうような相手ではない、ということだけが、ひしひしと伝わってきた。

「うかがっただけでも、それだけ錚々《そうそう》たる方々から見初《みそ》められて、何でまた、どなたとも一緒になられなかったんですかねえ」

「芸のため、でしょうな。あの方は、踊りが所帯じみるのを、とにかく嫌う方だ。私も結婚した当時、言われたことがありますよ。『男の方も糠味噌《ぬかみそ》臭くなりますから、Tさんも、お気をつけになって』ってね。勿論《もちろん》、男嫌いということもないんです。ただ、日常の生活の匂《にお》いを舞台に持ち込むというのが、男女を問わず、我慢出来ないんでしょう」

Tは半ば苦笑混じりに言った。女でありながら恋愛も結婚もせず、ひたすら芸の道を極めるために孤独な人生を歩み続ける、そこまですさまじい舞踊家だったのかと思うと、浅沼には、数日前の市邑緋紹枝の楚々《そそ》とした出で立ちが再び幻のように思い出された。

――芸のため、踊りのためには、幸福さえも求めない。それほどまでに踊りに生命《いのち》を賭《か》けているのか。

浅沼は、次第に背筋が寒くなる思いでTの話を聞いていた。

「潔癖な方なんですよ、何事に関してもね。もしも、気に入った男性が現れたとしても、あの気性では、男性にも完璧を求めるでしょうしな。ご本人も、そのあたりが分かっていらしたんじゃないですかね。ですから、踊り一筋にこられたというのは、正解でしょう」

それほどの舞踊家から、是非にと請われて面《おもて》を打つのは、考えていた以上の名誉かも知れない。しかし、怖いと思う。何度かチャンスを与えられて、それに応《こた》えきれない場合は、あっさりと切られるに違いない。そうなったとき、浅沼は面打師として再起出来ないほどの打撃を受けるのではないか、という気さえした。これは、立場とか誇りとか、そんなことを言っている場合ではない。

「そのお師匠さんが、女の生霊を表した面を使って新作を踊られる、というんですから、これはもう、それだけで、さぞ鬼気迫るものになるだろうとは、思いますすねえ。いやあ、楽しみだ」

最後に、そんな言葉を聞いて、浅沼はTの家を辞した。雷鳴は轟いたものの結局、夕立は来ず、外に出ると、まだ陽は斜めに射《さ》していた。微妙に鼓動が速まってくるのは、少しばかりのビールのせいとは思えなかった。頭を空白にしてしまいそうな蟬《せみ》時雨《しぐれ》の下を歩きながら、噴き出す汗さえ冷たく感じられる。

――どうして、俺なんかのところに注文をよこしたんだ。

だがこれは、一つの勝負だ、市邑緋紹枝と、勝つか負けるかの勝負をするようなものだと、それればかりが浅沼の意識を支配した。

自宅に帰り着くと、浅沼は風呂《ふろ》を使い、さっそく仕事場にこもった。母が、またも前妻の何《いず》れかから電話が入ったと報告したが、取り合うつもりにもなれなかった。

――こうなったら、何度でも打ってやる。あの女が納得する面を、この手で作り上げるまで。

目の前にあるのは、樹皮を剝かれ、白い木肌を見せている尾州檜《ひのき》である。樹齢三百年以上は数えるはずの木片は、既に高さ三十センチ程度の、樹心で四等分された形に切られて、ちょうど大型のケーキのような姿になり、独自の芳香を放っていた。

——泥眼《でいがん》になるまでの、その女の人生。

緋紹枝の言葉が蘇《よみがえ》る。しばらくの間、木目を目で追っているうち、浅沼の中には様々な女たちの表情が思い描かれてきた。四人の前妻たちはいずれも、知り合ったときには実に輝いて見えた。それが、別れる頃には別人のように、目の下に疲れをため、頰の肉は薄くなり、唇さえも色褪《あ》せていったのだ。後から考えると、最後に修羅場を演じたときの彼女たちばかりが思い浮かぶが、彼女たちは、誰も最初からあんな表情をしていたわけではなかった。

——今更、ここまであいつらの思いを理解しようとするなんて。それも泥眼を打つために。

第一、その原因こそ自分の方にあったことを思い出し、少しばかり自嘲《じちよう》的な思いにとらわれながら、浅沼は鉈《なた》を手に取った。元来、木の繊維が素直な檜の中でも、良材は繊維が真っ直ぐに通っているから、木目通りに割ることは困難ではない。まずは、一つの面が十分に取れるほどの大きさを、樹心と白太《しらた》を除いた部分から割り取る。その用材を、面の丈・幅・厚みに大雑把に寸法取りをする。

——女房どもの思いを、無駄にしないで済みそうだ。

かつて縁があって結ばれ、再び他人に戻った女たちの顔と泥眼とをだぶらせながら、浅沼は黙々と作業を進めた。

用材に、目安とする線を縦横に引き、鼻の位置を割り出すと、鼻の高さに相当する深さを鋸《のこぎり》で挽《ひ》く。切り込みが入ったら、ノミで余分な部分を取り除き、さらに、顔側面の傾斜にも見当をつけて、鉈や斧《おの》で取り払うと、檜は既に一つの面に向かって、確かに息づき始めているように感じられる。この段階から、荒彫り、中彫り、小作り、仕上げと、作業はどんどん細かくなっていく。

結局、その日は深夜まで、翌日からもかかりきりになって、浅沼はひたすら、泥眼の顔を追い求め続けた。

4

秋風が立ったと思ったら、間もなく木々の葉は色づき、その年の秋は瞬《また》く間に深まった。霜の便りが聞かれる頃、冷たい雨の降る日に、浅沼はまたも市邑緋紹枝の来訪を受けた。

「お足元は、悪くなかったですか」

玄関先でレインコートを畳む緋紹枝に、浅沼は、前回とは打って変わった笑顔を見せた。意識してのことではなかったが、自然に笑みがこぼれた。彼女は、夏と変わらない落ち着いた物腰でほんのりと笑い、足袋《たび》をかえたいのだが、と言った。その変化のなさが、余計に浅沼を緊張させた。

――無駄足に、なりませんように。彼女が今日来たことを後悔したり、しませんように。

世間話もそこそこに、打ち上がった面を差し出すときの浅沼の手は、思わず震えていた。これまでの二作とは、絶対に違うはずだ。だがそれが、彼女の気に入った仕上がりなのかどうかが問題だった。

「――」

浅沼の目の前で、緋紹枝は小さな白い手を伸ばし、そっと面を持ち上げると、真剣な表情で泥眼と向かい合った。樋《とい》を伝う雨だれの音だけが、薄暗い仕事場に広がっていた。

「――浅沼さん」

やがて、彼女は面を静かに下ろすと、薄い笑みを浮かべて浅沼を見た。浅沼は、自分もつられて笑顔になりながら、「はい」とわずかに身を乗り出した。

「うかがった話では、失礼ですが、何度か奥様をかえられていらっしゃるとか」

「――お恥ずかしい話で」

「こんなお顔を、ずいぶん、ご覧になられた？」

緋紹枝の表情はあくまでも静かで、口調も穏やかなものだった。浅沼は、「いやあ」と、大袈裟《おおげさ》に首の後ろをかいて見せながら、つい饒舌《じょうぜつ》になりそうな自分を感じていた。やはり、この日舞の師匠は、浅沼の今回の泥眼への思い入れを、的確に摑《つか》んだ。それは間違いなかった。

「同じ泥眼でありながら、これほどまでに面差しの異なるものを打たれるのですから、大変なものでいらっしゃいますね」

緋紹枝は、わずかに首を傾《かし》げ、微笑《ほほえ》みの余韻を残した口元から、小さく息を吐き出した。この数カ月間、どれほどの思いで泥眼に向かってきたかを、是非とも聞いて欲しいと思った矢先、だが、浅沼の耳に「ですが」という声が届いた。

「どうやら、他の方にお願いをした方がよろしいのかも知れません」

一瞬のうちに、顔から血の気が退《ひ》く思いだった。とっさに顔を上げると、緋紹枝の顔からは既に笑みも消え、視線は遠くの何かを捉《とら》えているように見えた。浅沼のことを見てはいるのだが、そのずっと向こうの何かを見ている目で、緋紹枝は「残念ですが」と続けた。

「せっかく、Tさんからの御推薦もありましたし、他からも意欲的なお仕事をなさる方だとうかがっておりましたので、お願い出来るかと思ったんですけれど、イメージそのものが、どうも御理解いただけないようですので」

「まっ――」

「前のお作は、Tさんがお使いになられるとのことで、私も少し安心しておりますの。この泥眼も、きっと是非にと仰《おっしゃ》る方がおいででしょうし――」

「待ってください！」

浅沼は、すがりつきたい思いで緋紹枝の顔を見つめた。すっと、緋紹枝の視線が浅沼の上に戻ってきた。

「もう一度、やらせてください」

「ですが――」

「お願いしますっ」

深々と下げた頭の上から、緋紹枝が小さく溜息を洩らすのが聞こえた。相手は、ただの小柄な、孤独な老いに向かおうとしている女ではないかと思う。なのに、ただ座っているだけで、彼女からは並々ならぬ緊張感と、簡単には近づけないような威厳が伝わってくる。

これまでの日々、夢にまで見た女房たちの顔が思い浮かんだ。恨みの表情で、浅沼を嘲笑《あざわら》うかのように彼女たちの顔が揺れる。

「何度でも打ち直す覚悟でいるんです。もしも、ここで引き下がってしまっては、私は二度と面を打てなくなるような気がします」

「そんなこと。浅沼さんは、浅沼さんなりのお仕事をなされば、よろしいんじゃございません」

「駄目です――もっと、先生のお考えになっていらっしゃることが摑めればいいんですが――ですが、どうしても、打ちたいんです。絶対に、お気持ちに沿った泥眼を打ちますので」

「私の気持ちと仰られても、以前から申しました通りなんですの。この面が、目に金を入れられている意味も、お考えになって。今度の、これは、人間のままですわ」

彼女は真《ま》っ直《す》ぐに浅沼を見据えた。

「浅沼さん御自身が、どうして何度も奥様をかえられたのか、その理由もお考えいただきたいんです。私は――こう申しては何ですが、浅沼さんと私とは対照的なところと、とても似ているところがあるのではないかと、そんなふうに思ったものですから。ですから、私の思いもお分かりいただけるのではないかと思ったんです」

そして、緋紹枝は再び傘をさして帰っていった。浅沼は、三十分とかからなかった彼女との対面に、精も根も尽き果て、のろのろと仕事場に戻った。

「また、駄目だったの」

茶をさげに来た母が、さすがに心配そうな表情で顔を覗《のぞ》き込んできたときも、浅沼は満足に返事をすることもできなかった。「人間のまま」という言葉が、頭の中で何度も繰り返されていた。

「まあ、なんてきっちりとなさったお師匠さんなのかしらねえ。一度、舞台を拝見したいものだけど」

母は、それだけ言うと、そそくさと仕事場から出ていった。半ば覚悟していたこととはいえ、幾ばくかの期待はあったのだ。面の出来そのものに関しては、問題はないと確信している。だが、市邑緋紹枝を納得させるだけの顔ではなかった。彼女は、泥眼に対して、もっと神性の高いものを望んでいるということなのだろうか。

——半ば、人間ではなくなっている存在。俺と彼女が似ている？

そろそろストーブの火が恋しくなる季節だった。底冷えのする板張りの仕事場で、浅沼はひたすら何日も同じことを考え続けた。別れた女房たちの顔が頭の中で一つに溶け合い、思い出される台詞《せりふ》さえも誰の言葉だったか分からなくなっていく。望んでいるのは、彼女たちのエッセンスに、もう一つ何かを加えたものに違いない。人間でなくなるための、一線を踏み越えるための、何が必要なのか。

――頼む。おまえの中の、本当のあるべき姿を、俺に彫らせてくれ。

そして、浅沼は再び新しい用材に向かい始めた。鉈で割り取った用材に、大まかな木取りをし、荒彫りに入る。この工程は、面の全体の輪郭を一気に彫り進む、作家の即座の判断がもっとも要求される段階といえる。また、表現力や技量が明確に出るところでもあった。浅沼は精神を集中させてノミを握った。大きな木屑《きくず》が周囲に散るにつれ、浅沼の頭の中の泥眼は、ますます大きく鮮やかになり、今にも浅沼に何かを言い出しそうな気がしてきた。

――もはや人間ではない存在。

能の世界には、天狗《てんぐ》や雷電《らいでん》、いわゆる妖精《ようせい》など、人間以外の存在が数多く現れる。それぞれに特色を摑んだ風貌《ふうぼう》を持ってはいるが、人と物《もの》の怪《け》の中間のような位置にいる生霊《いきりよう》に、これほどまでに悩まされるとは考えてもみなかった。

何故《なぜ》、生霊にまでなったのか。何故、市邑緋紹枝は、ここまで泥眼の面にこだわるのか。古来神聖視され、その白い木肌と芳香を愛されてきた檜は、軽い上に粘り強く、柔らかで、耐久性にも富み、水湿によく耐える。何故、何故と考えながら、浅沼はノミをふるい続けた。

――俺の力量だけでは、もはや、どうなるものでもないのかも知れない。人間をはるかに超えているという点では、むしろ、この檜の方が、よほど泥眼に近い位置にいるのではないか。

荒彫りを終え、中彫りに入ると、今度は徐々に細かい顔型の造形が始まる。顔、顔、と念じ続けながら、浅沼はひたすら、緋絽枝の望む泥眼を思い続けた。恨み、悲しみ、後悔、恋慕――すべての思いが一気に収斂《しゅうれん》するとき。それは、能楽師が面《おもて》をつけたときの視界に似ているかも知れないと思う。

狭苦しい闇《やみ》に包まれながら、面の瞳《ひとみ》に開けられた小さな穴からの光の点だけを頼りに舞う、それが、舞台に上がった能楽師の世界である。極度の緊張と周囲の状況が把握出来ない不安、その上で舞を舞うという困難に打ち勝つために、彼らはひたすら神経を研ぎ澄まし、光の点に向かって精神を集中させる。

――そのとき、人間としての女の部分はどうなるんだ。

いつの間にか、浅沼は木に語りかけ始めていた。人間など及びもつかないほどの歳月を、一カ所にとどまり、風雪に耐えて生き抜いてきた木の魂と触れ合わないことには、どうしようもない気持ちだった。それは、実に久しぶりのことだった。亡父から「木と語り合え」と言われ続けていた頃、面打師として、少しでも評価を得たいと思っていた頃に戻ったように、浅沼はひたすら念じ続けた。

5

翌年の夏、浅沼は、前年と同様に首から汗拭《ふ》き用タオルを下げながら、やはり泥眼に向かっていた。前回の面も、またもや市邑緋紹枝の眼鏡にはかなわなかった。そして、浅沼はまた新しい泥眼に向かった。その面も、木彫りの段階は既に終わり、裏面の漆塗りも終えて、いよいよ彩色に取りかかろうとしていた。まずは胡粉《ごふん》下地を塗り、面の前面を白一色にする。それまで木肌を見せていた面は、ここで一気に艶《なまめ》かしさを持ち始める。

——さあ、おまえはもう木じゃない。面になったんだ。

真っ白い顔になった泥眼は、一見するとデスマスクのようでもあり、むしろ人間臭くも感じられた。浅沼は、最近では、とにかく市邑緋紹枝が舞台に上がるときのことばかりを考えながら、ひたすら泥眼《でいがん》に向かって語り続け、仕事を進めていた。人づてに聞いたところでは、緋紹枝は自分の新作発表会の日程を、ずっと日延べし続けているという。それは、取りも直さず泥眼の面が出来上がっていないからだ。それほどまでに真剣に待っていてくれるのかと思うと、浅沼の気持ちは自ずから、汗を流しながらふてくされていた昨年の同じ季節とはまるで異なるものになっていた。

——今度こそ、師匠の舞台に上げてもらえると、いいんだがなあ。おまえも、上がりたいだろう?

下地塗りが終われば、今度は胡粉に顔料を加えて色を調整した胡粉上地を塗る工程に入る。この段階で、面には様々な肌合いが生まれる。舞台の強い照明にさらされて、面が白くとんでしまわないように、良質の煤《すす》を使用するなどして色調を落ち着かせる工夫を凝らして、面から木の風合いは完全に失われる。

汗の滴《したた》り落ちる仕事場で、浅沼はひたすら泥眼に向かい続けた。上地塗りが終わると、いよいよ彩色に入る。仕事場に冷房をしないのは、空気が乾燥することによって、彩色に使う筆の穂先が乾いたり、空気の流れで細かい埃《ほこり》や繊維が舞い、筆の毛先につくことを嫌うためでもある。

——おまえをつけて、あの人は舞う。

市邑緋紹枝は、未《いま》だに踊りの内容については何も語っていない。だが、ついに五作目の泥眼を打つに及んで、浅沼はもはや彼女に対して、何の不安も不信も感じなくなっていた。能には欠かせない面ではあっても、日本舞踊では小道具にすぎないはずだ。その小道具の一つに、これほどまでにこだわる緋紹枝の拘《こだわ》りと眼力を信じていた。浅沼が、ついには他の仕事を断ってまで泥眼に向かってきた月日、緋紹枝もまた、一点だけを見つめて過ごしてきている。その緊張が、浅沼には理解出来た。役に立ちたい、彼女の新作の踊りを引き立てたいと、ただそう思うだけだった。

女の面は、プロでも識別が難しい場合がある。同じ小面《こおもて》とはいっても、実際は作者の腕の相違などから、かなりの違いが生まれてくるものだ。そこで、毛描きに一つの約束が生まれる。額の上から顔の両側に流れる毛筋の数や太さによって孫次郎《まごじろう》、万媚《まんび》などといった面の種類を識別することになるわけだが、泥眼の髪は、額から頰にかけて、数本が乱れている。激しく、猛《たけ》り狂うような乱れではなく、わずかにほつれているような細い髪を描くとき、浅沼は息をとめ、全神経を筆の穂先に集中させる。

――この髪が、おまえの情念を語るだろう。いくら表情は静かでも、おまえの中で燃えている思いを語る。

一筋の髪が、これほどまでに女の哀《かな》しさを表す。浅沼は、泥眼が虚《うつ》ろに宙を見つめながら、「何故、何故」と呟《つぶや》くのを聞いているような気がした。悔やんでも悔やみきれない、取り戻そうにもかなわない、ついに捨て去ることの出来ない誇りが、もはや唯一《ゆいいつ》の支えでもあるかも知れない。我を忘れて泣き喚《わめ》けない女の、「どうして……」という呟きを聞きながら、浅沼は息を詰めて仕事を進めた。既に、暑さなどはまるで感じなくなっていた。

翌週の末、浅沼は市邑緋紹枝の来訪を待って、朝から落ち着かない気分だった。何をしていても時計ばかりが気にかかる。手持ち無沙汰《ぶさた》のあまり、庭に水撒《ま》きでもしようと縁側から外へ出るとき、いつの間にか腹の周りの肉もだいぶ落ちて、奇妙なほどに身軽になっている自分に気づいた。以前から運動不足がたたって、足だけは細かったものだが、その膝《ひざ》に負担がかからなくなっていた。

——そりゃあ、体重も減るだろう。

ただでさえ、暑い季節に仕事場にこもるのは体力を消耗するものだ。その上、二年近くも同じ面ばかり打ち続けてきた疲労が、肩から背中にかけて、べったりと貼《は》りついている気がする。それでも、まだ終わったかどうかは分からないのだ。ここで完全に緊張を解いてはならない。そう自分に言い聞かせながらも、ホースから放たれる水を眺めているだけで、頭の芯《しん》がぼんやりと霞《かす》んでくる気がした。

「お座敷へお通ししたわよ」

やがて、母が緋紹枝が来たことを告げに来た。その言葉を聞いて、浅沼は、否応《いやおう》なしに緊張が高まるのを感じた。いずれにしても今日を最後にするつもりで、彼女はやって来たのだろうということが察せられた。これまで、何度すすめても、浅沼の仕事場に来ることを望んだ彼女が、母に従って座敷へ案内されたということに、その決意が感じられた。

——最後、か。

浅沼は、完成以来、机の上でひっそりと息づいていた泥眼を持ち上げ、最後にすべてを点検する目になると、言葉にならない思いで一礼をした。誰に祈るというつもりでもなかったが、思わず「頼みます」と呟いていた。

「——もう、この歳《とし》になりまして、いつまでも息子の世話というのも、だんだん辛《つら》くなりまして——」

座敷に通ずる廊下の手前で、母が話しているのが聞こえた。浅沼は、つい立ち止まって次の声を待った。緋紹枝が世間話に興じている姿というものが想像出来ない。

「およろしいんじゃ、ございませんか」

母の低い声とは異なる、透明感のある明瞭《めいりよう》な声がきっぱりと言った。

「お母様のお気持ちは分からなくはございませんが、ご主人様も面をお打ちでいらしたんでしたら、お分かりだと思います。伝統を守りつつ、ご自分の世界を表現なさらなければならないんですもの、俗事からは遠ざかられていた方がよろしいんじゃ、ございませんか」

母の愚痴など、緋紹枝にはまるで通用しない様子なのが手に取るように分かって、浅沼は思わず笑みを洩《も》らした。

「ですが、先生のお仕事を請け負いましてから、ますます気難しい子になりまして――もう、せめてお嫁さんがいてねえ、ちゃんと世話でもしてくれるんなら――」

「奥様がおいででしたら、今のような面は打たれなかったと思いますが」

「そうでしょうか――でもねえ」

母が、なおも食い下がろうとする様子なので、浅沼は歩き始めた。座敷の前に立つと、母は愛想笑いは浮かべているものの、何とも不満そうな、やりきれないといった目つきで浅沼を見上げた。そして、緋紹枝に向かって「ごゆっくり」とだけ言うと、そそくさと立ってしまった。

「つまらない愚痴をお聞かせしていたんじゃないですか」

浅沼が言うと、緋紹枝はいつもと変わらない表情で「いいえ」と首を振る。

「母は、平凡な人ですから」

「当たり前のことしか、仰《おっしゃ》いませんでしたわ。普通は、お母様のようにお考えになって、当然です」

緋紹枝は、すっと背筋を伸ばして、俯《うつむ》きがちに座っていた。浅沼は、彼女が雑談などに応じる気のないことに気づき、さっそく面を差し出した。緋紹枝は、静かな表情のままで、だが、よく見れば食い入るような目つきで、浅沼の手元を見つめていた。

「ありがとうございます」

重苦しい沈黙が流れるかと思ったのに、次の瞬間には緋紹枝が頭を下げていたので、浅沼は拍子抜けした気分にもなり、いささか面食らって彼女を見つめた。

「あの――」

「今日、頂戴《ちょうだい》して帰っても、よろしゅうございますか」

顔を上げた緋紹枝の表情は、かつて見たこともないほどに輝き、ほんの数分前の彼女とは別人のように見えた。

「あ、いや――もう少し、きちんとご覧になられた方が」

「一目見て、分かります。本当に、打ってくださったんですね」

それから、緋紹枝はようやくじっくりと泥眼と向かい合った。浅沼は、こんなにあっけなく、一瞬のうちに仕事の完成を告げられるとは思ってもみなかったので、半ば狐《きつね》にでもつままれたような気分で、そんな緋絽枝を見つめていた。承諾の返事をもらったときには、さぞかし爽快《そうかい》な気分になることだろう、歓声でも上げたいくらいに解放感を味わえるだろうと思っていたのに、やり場のない淋《さび》しさのようなものが胸の底から迫ってくる。

「本当に、これで、よろしいんですか」

「これが、欲しかった泥眼なんです」

「あの——」

生き生きとした瞳を輝かせる緋絽枝は、もはや浅沼の言葉などまるで聞くつもりもない様子だった。彼女は、ひたすら泥眼を見つめ、何事かを考えるように、唇をわずかに噛《か》んで、そのまま動かなくなってしまった。

——かなわないな、この人には。本当に。

浅沼は嘆息を洩らして、そんな緋絽枝を見守っていた。もっと、何かの褒め言葉が聞かれるのではないかと思ったが、それは俗な想像だった。彼女から、そんな平凡な反応を期待したこと自体が間違いだったのだと気づき、内心で苦笑しながら、それからしばらくの間、浅沼は黙って緋絽枝を見つめていた。

「変わった方だわよ、本当に。何を話しても取り澄ました顔で、つっけんどんな答え方しかしないで」

緋紹枝が泥眼を携えて帰っていくと、母は不服そうに呟いた。

「それで、小切手をぽんと置いて帰っていくんだものねえ。まったく、普通じゃない方だわ」

「大金持ちのお嬢様なんだよ」

じわじわと虚脱感が広がっていくのを感じながら、浅沼はぼんやりと答えた。母は、一瞬料理の手をとめて、浅沼の顔をまじまじと見つめると、小馬鹿《こばか》にしたようにふんと鼻を鳴らした。

「何が、お嬢様なものかね。あの歳になって」

浅沼は、なおもぼんやりとした感覚で母を眺めていたが、内心でどきりとなった。そうだ、確かにお嬢様と呼ぶような年齢ではない。だが、今、浅沼は実に自然にそう呼んでいた。彼女がひたすら泥眼を見つめていたときの様子を思い出すと、当たり前のようにその言葉が出たのだ。まるで宝物でも見つけたかのような表情の輝き、一心に面を見つめていた澄んだ眼差《まなざ》しは、緋紹枝から年齢など消し去っていた。彼女は現実を生きていない。舞台の上でのみ生きているのに違いないと、浅沼は思った。

「いずれにしても、良かったわよ。厄介なお客様の仕事が終わってね。これで、他の仕事に集中して取りかかれるでしょう」

母は、新聞紙にくるんだ枝つきの枝豆と笊《ざる》を持ってきて「今夜のお酒はおいしいでしょうから」と言いながら、それを差し出した。浅沼は、縁側に座り込んで、パチン、パチンと枝豆を切り離し始めた。鋏《はさみ》の音を聞いているうちに、妙に淋しい、心細い気持ちになった。

6

以来、浅沼は全身から力が抜け、神経さえも弛緩《しかん》してしまって、惚《ほう》けたような日々を送った。取りあえずは仕事場にこもり、道具の手入れなどをするのだが、新しい面《おもて》に取りかかる気になれないのだ。あんなにも長い間、一つの面、一つの表情のことだけを追いかけて過ごしたことが、幻のように感じられる。夏は瞬《また》く間に過ぎ、再び秋が巡ってきても、浅沼の仕事場からはノミの音は聞かれなかった。

市邑緋紹枝からは、何も連絡がなかった。果たして、どんな踊りにあの面を使うのか、どんな使い方をするのか、それすら教えられずに、浅沼は取り残されたような気分を味わっていた。

「稽古場《けいこば》を覗《のぞ》いてみればいいじゃないですか」

何かのついでにTと会うと、彼はいとも簡単そうに浅沼に言った。だが、浅沼は曖《あい》昧《まい》に首を傾《かし》げて見せただけだった。あれが打ち上がるまで、ひたすら日延べしてきた新作の発表を控えて、あの緋紹枝がどれ程までに神経を張りつめさせているかと考えると、無闇《むやみ》に近づいてはならない気がする。

「浅沼さんは、誰よりも緋紹枝先生の怖さをご存じなんでしょうからな」

浅沼が、稽古の邪魔はしたくないのだと言うと、Tは納得したように頷《うなず》いたものだ。

——違うんだ。怖いから、ただそれだけで、そう思うんじゃない。

最初は自分でも面食らった。単に泥眼《でいがん》のことが気がかりなだけだと、何度自分に言い聞かせたか分からない。だが、予想もしていなかった虚脱感に襲われたとき、浅沼はそれまでの日々を、常に緋紹枝のことだけを考えて過ごしてきたことに気づかされた。その発見は、これまでの人生で、それなりの経験を積んできた浅沼を狼狽《ろうばい》させるのに十分だった。結婚と離婚を繰り返し、好《い》い加減に臆病《おくびょう》にはなっているものの、女に対して自信がなくなっているわけではない。だが、そんな感覚と、緋紹枝に対する思いとは、まるで別の類《たぐい》のものだった。

——俺は泥眼を見ていたはずじゃないか。あの人のことを、見つめていたわけじゃない。

それなのに、浅沼の脳裏に浮かぶのは、もはや泥眼の面などではなく、きっちりと髪を結い、寸分の隙《すき》もなく着物を着こなしている、市邑緋絽枝本人なのだ。勿論《もちろん》、緋絽枝とは、一つの面が打ち上がる度に会っただけなのだし、必要以上の大した会話も交わしてはいない。なのに、あの一瞬の対面さえも、もう自分には訪れないのかと思うと、いてもたってもいられない気分にさせられた。気恥ずかしいほど、狼狽し自己嫌悪《けんお》に陥るほどに、緋絽枝に逢《あ》いたくてたまらない。逢って、顔を見るだけでも良いとさえ思った。

——それでも、俺には、これ以上、あの人に近づく理由がない。

一体、自分よりも一回りも年上の、既に若さも失い、かつての美貌《びぼう》もなりをひそめてしまったような芸一筋の舞踊家の、どこに惹《ひ》かれたのか、自分でも分からない。考えれば考えるほど混乱する自分の気持ちを持て余しながら、浅沼はそれからしばらくの間、まるで気が乗らないままで、それでも時間に追われ、必要に迫られて数個の面を打った。皮肉なことに、市邑緋絽枝が新作舞踊に使用する面を手がけたという噂《うわさ》が噂を呼び、面そのものはまだ世間に披露されてもいないのに、新しい面の注文ばかりが相次いだ。

市邑緋紹枝・新作舞踊発表会の案内状が届いたのは、樹々《きぎ》が色づき始め、浅沼は浅沼なりに、ある決意を固めた頃だった。封筒には印刷による案内状の他に、緋紹枝の直筆と思われる簡単な手紙が添えられていた。無沙汰を詫《わ》び、是非とも舞台を観《み》に来て欲しいという簡単な手紙を読んだだけで、浅沼の胸は高鳴った。

——その日、俺はあの人に告げる。彼女がどういう反応を示そうと。

同封されていたプログラムによれば、二部構成になっている、前半は長唄《ながうた》からの大がかりな出し物と、弟子らしい人の踊りがあり、後半に新作を舞うことになっている。その新作は、『鏡の間』と題されていた。能舞台から通ずる橋がかりの奥にあり、舞台とは五色の揚げ幕で仕切られた能独特の板の間の名をとった題だった。大きな鏡があり、扮装《ふんそう》を終えた演者が精神を集中させて出を待つ部屋は、能面をつけ、登場人物になりきるための部屋でもある。プログラムの裏表紙に、地方《じかた》、後見《こうけん》、衣装などの名と共に、「能面制作」として自分の名を発見しながら、浅沼は市邑緋紹枝の舞う姿を、幾度となく夢想した。

7

公演の当日、花束を手に会場を訪れた浅沼は、はやる気持ちで、まず楽屋を訪ねようとした。ところが、受付にいた弟子らしい女性が数人で、本番前には会わせられないという。

「申し訳ございません。緋絽枝は、いつもどなたにもお目にかからないんです」

浅沼は、なるほど彼女らしいと納得した気持ちになり、花束だけを渡してもらうことにした。

「やっと、わが子にライトが当たりますな」

ロビーでTに声をかけられ、他に数人の能楽関係者に出逢って、浅沼は彼らと客席に入った。誰もが緋絽枝の踊りと同時に浅沼の面も楽しみだと言ってくれる。本当は一人で緋絽枝の踊りを観たかったのだが、彼女に会えなかったことで気勢をそがれた気分だった浅沼は、観客のほとんどが和服の女性であることもあって、かえって話し相手の出来たことに感謝した。

「数人のお弟子さんの他は誰も観ていないんだそうですよ」

席に着くと、Tが『鏡の間』についての情報を伝えてくれた。

「ただ、あくまでも噂ですが、緋紹枝先生は、一度限りしか踊らないと、そうも仰っておいでのようです」

「一度限り、ですか」

浅沼は意外な思いでTを見た。たった一度だけ踊るために、あれほどの思い入れで泥眼を打たせたのだとすると、ますます興味をそそられる。一体、浅沼の打った面は、どんな形で扱われるのだろうか。舞台に上げたときに、どれほどまでに効果を発揮するものだろうか。客席が埋まってくるにつれ、浅沼の不安は一層大きくなり、人いきれのせいもあって、うっすらと汗ばんでさえくるようだった。

やがて客席のライトが落ち、拍手と共に緞帳《どんちょう》が上がった。華やかな大道具が、能舞台などとはまったく異なる、明るく賑《にぎ》やかな空間を創り出している。現れた緋紹枝は男の格好をしていて、実に軽快にテンポの良い踊りを舞った。浅沼は、小柄で華奢《きゃしゃ》なはずの彼女が、舞台では際立《きわだ》って大きく見えることに息を呑《の》み、全身から伝わる躍動感に驚かされた。続いて、二人の弟子による舞が披露され、前半は明るく、雅《みやび》やかな雰囲気のうちに終わった。

「さて、いよいよだ。どうです、緊張していますか」

三十分ほどの休憩の後で、再び客席に戻るとき、Tはいかにも嬉《うれ》しそうに、また冷やかすような表情で浅沼を見た。

「いや、僕が踊るわけじゃないんですから」

浅沼は笑顔で答えながら、実際には手がじっとりと汗ばんでいた。

やがて、客席の照明が落ち始めると、笛の音が細く、ゆっくりと流れ始めた。緞帳が、ゆるゆると上がっていく。笛は高く低く鳴り渡り、舞台はまだ暗い。前半の踊りとは実に対照的な始まり方だった。笛の音が一際高くなった瞬間、舞台に二つの顔が浮かび上がった。一瞬の静寂があたりに満ちた。

それは、鏡に向かう緋紹枝の姿だった。顔の部分にだけスポットが当たっている。緋紹枝は、腰を落とした姿勢のままで微動だにせず、大きな縁のついた鏡に向かっていた。やがて、嗄《しわが》れた男の声で歌が始まる。緋紹枝がすっと立ち上がった。

——これは。

鏡の向こうの顔が動かない。舞い始めた緋紹枝に置き去りにされたように、縁だけは鏡と思わせる枠の反対側で、白い顔は未《い》だに宙に浮いて見えるのだ。そして、それこそが、浅沼の打った泥眼の面だった。浅沼の鼓動はにわかに速まった。

舞台全体が明るくなった。時が流れて、自分はどんどん年老いていく。それだけの月日をかけて思ったのはただ一人。だが、思っても、思っても、今となっては手遅れなのだろうか、というような意味の歌に合わせて、緋紹枝は静かに舞い続ける。帯だけをかえれば日常でも着られそうな地味な地の着物を着て、髪もひっつめた結い方をしているその顔は、先ほど軽快な男踊りを見せた人間と同一とは思えず、浅沼が見知っている緋紹枝ともまるで別人に見えた。そして、その顔は、浅沼の打った泥眼そのものの顔だった。

——親の持ってくるどんな縁談も断り続け——客席から溜息《ためいき》が洩《も》れるほどに美しかった。

Tから、そんな話を聞いたのは、いつのことだったろうか。あのとき、Tは「芸のためでしょうな」と言ったはずだ。

流れた時を悔やんでも、どうなるものでもない。何度も切り捨てようとした思いが、これほどまでに自分の中で育とうとは思わなかった。幾度となく諦《あきら》め、忘れようとしても、年月さえもこの思いは取り払うことが出来ないのだ。だからこそ、人としての幸福をすべて諦め、今こそ私は人の世界から離れてでも思いを晴らしたい。私からあの人を奪ったすべてのものを、私は決して許しはしない。たとえ人の心を捨ててでも、神や仏の意志さえ、許さない——

男の嗄れた声を聞くうちに、浅沼の全身には鳥肌が立っていた。年老いたことを嘆き、自分自身の姿を鏡に映す緋紹枝の姿には、まさしく鬼気迫るものが感じられる。やがて緋紹枝は泥眼の面を手に取り、自らに語りかけるように泥眼を持って舞い始めた。極力落とした照明の下で、昔を懐《なつ》かしんで娘のように舞い、次の瞬間には我に返って泥眼に話しかける。彼女がくるくると回るときには、どちらが本物の泥眼か、区別さえもつかなくなった。虚《うつ》ろに妖気《ようき》を漂わせる泥眼に、緋紹枝が頰を寄せるとき、悪寒《おかん》にも近い震えが背中を駆け上がった。

——何故《なぜ》、気がつかなかったんだ。彼女の顔そのものだということに。

若い女の面を打つとき、それが、思いを寄せる女の顔に似るのは、珍しいことではない。「孫次郎」などは、先立った美しい妻への断ち難い恋慕の情が映し出されたと言われる、金剛流四代の太夫《たゆう》によるものと言われ、その太夫の名のつけられている若い女の面だ。だが、こともあろうに泥眼にそんなことが起こるとは浅沼自身、考えもしなかった。第一、確かに違っていたのだ。普段の彼女は、決して泥眼のような顔はしていないではないか。それでも、歌を聴くうちに、浅沼にはそれが緋紹枝自身の思いを伝えているものに間違いないと感じられた。間違いなく、今、緋紹枝は観客の目の前で泥眼と化していた。

――泥眼になるまでの、その女の人生。

緋紹枝の言葉が蘇《よみがえ》る。自分と浅沼は、対照的なところと、とても似ているところがあるのではないかと、彼女は言った。一つの恋さえ思いつめられないところ、そして結局は一人になり、仕事に戻るより他に生きようのないところ――そういう意味だったのかと、浅沼は、ただ呆然《ぼうぜん》と舞台を見つめていた。ここへ来るまでの、妙に甘ったるい決心など、とうに吹き飛んでいた。

――たとえ地獄に堕《お》ちてでも、私は恨みを晴らすだろう。今となっては人であることさえ捨てた身なのだから。たった一人の人だったのだから――

踊りは佳境に差し掛かったようだった。歌う男の声は、悲痛なほどの女の叫びを、その嗄れ方で余計に不気味に演出している。狂ったように鳴り響く笛の音は、緋紹枝の心を操る糸のようでもあった。浅沼は、思わずネクタイの結び目を緩め、生唾《なまつば》を飲み込んだ。これこそが、本当の緋紹枝の恐ろしさなのだと、ようやく得心した。もう二度と、泥眼の面は打つまいと思った。

おし津提灯《ちようちん》

1

藤島新平の店に静恵が現れたのは、秋祭りの季節も終わって、新平の仕事も一段落ついた頃だった。陽射《ひざ》しは徐々に傾き始め、新平の店のある路地の片隅は、余計に日暮れが早く感じられる。

「ねえ、やっぱり乾燥機が欲しいわ」

最近では新平の仕事を手伝う手つきも慣れてきた女房の久仁子《くにこ》が、火袋《ひぶくろ》に霧を吹きかける手を休め、このところ何度も口にしていることを言った。

「これから家族が増えるのよ。洗濯物だって増えるし、少しでも家事の負担を軽くしてくれなきゃ、仕事だって手伝えなくなるんだからね」

「そりゃあ――」

「ねえ、今年は夏からずっと、頑張ったじゃない?」

「まあなあ――」

祭りの季節は、提灯《ちょうちん》屋にとっては最大の書き入れ時だ。年々、不景気な話が持ち上がらないではないが、それでも方々の神社や町内会からの注文が集中する。

「ねえ、秋葉原に行けば安いわよ」

「そりゃあ、まずいだろう。買うんなら、やっぱし池田さんとこでないと」

「あんな小さなお店じゃあ。メーカーだって決まってるし」

「どのメーカーだって変わりゃしないって。秋葉原で下見をして、注文すればいいよ。つき合いってもんもあるんだから」

「じゃあ、買ってもいいのね？　いつ？　今度の休みに見に行く？　帰りにご飯も食べようね？」

結局は、こうして押し切られるのが常だった。新平は、歓声を上げている久仁子を苦笑しながら眺めていた。寒いという程ではなかったが、やがて火が恋しくなるだろうという空気が、下町にも漂い始めている。独り者だった頃は、こんな季節は憂鬱《ゆううつ》になったものだが、所帯を持って以来、冬も、なかなか良いものだと思う。そのとき、からから、と微《かす》かに店の戸口を開ける音がしたかと思うと、「ごめんください」という女の声が店の方から響いてきたのだ。

霧吹きを持ったままの久仁子が、反射的に腰を上げた。膝《ひざ》の上から、突っ張り棒と呼んでいる細い竹の棒が何本も転がり落ちて、板の間に散らばり、からからと陽気な音をたてた。

「あらあら」

「慌《あわ》てるこたあ、ねえよ、ほら」

新平は眉《まゆ》をひそめて久仁子を見上げた。そそっかしいところのある女房は、以前、この棒を踏んで、派手に転んだことがある。彼女はわずかに肩をすくめてくすりと笑い、軽く腹に手をあてた。

「私一人の身体《からだ》じゃないんだから、でしょう?」

「――おう」

新平が見上げる前で、久仁子は甘えたように笑って見せる。「ごめんください」と、再び声がして、久仁子は微笑《ほほえ》みの余韻を残したまま、「はあい」と店に出ていった。出産予定日は、来年の二月ということだ。その日に向かって、確実にその胎内で新しい生命を育て続けている彼女の後ろ姿は、日増しに自信に満ち、落ち着いて見え始めている。

女房の後ろ姿を目で追った後、新平は膝をついて久仁子の座っていた位置に手を伸ばし、霧を吹いたままになっている火袋を取り上げた。紙が湿っているうちに、火袋の上下についている口輪の部分に突っ張り棒をあて、火袋をぴんと伸ばす作業は、この後、上から文字を書く上で欠かせない。

「どうせなら、やってから出りゃあ、いいじゃねえか。喋《しゃべ》ってばっかで」

元々、竹の骨に和紙を貼《は》りつけただけの火袋だ。そうそう水に強いはずもない。ことに上下の口輪に近い部分はカーブを描いていて、口貼《くちばり》という補強のための和紙が貼られてはいるものの、水に濡《ぬ》れれば下手をすればはがれてきてしまう。

「あなた。松原さんていう方」

久仁子が暖簾《のれん》をかき分けて戻ってきた。

「途中でやめるなって、いつも言ってんじゃねえかよ。誰だって？」

「そんなにすぐに乾いたりしないわよ。松原さん」

「松原さん？　誰だ、それ」

現在でも秋田の方では火袋作りから完成まで、提灯作りのすべての工程を一人でやっているところがあるそうだが、新平など東京の職人は、江戸時代には既に分業制になっていたということで、現在は火袋は水戸、名古屋、岐阜などで張ったものを取り寄せている。もちろん、提灯屋としてはすべての工程が出来なければ話にならないから、特別な場合には自宅で火袋を張ることもあるにはあった。久仁子は、この家に嫁に来て初めて火袋張りを覚えたのだが、元々が器用な質《たち》なのだろう、最近では新平以上に上手に張るようにもなっていた。

「知らないわ。でも、『新平さんを』って」

久仁子は口を尖《とが》らせ、所在なげな様子で暖簾の前に立っていた。

「この辺の人か」

「見たことない。でも『新平さん』なんて言う人、滅多にいやしないじゃない。ちょっと年増《としま》だけど、すごい美人」

女房の台詞《せりふ》に、新平はようやく重い腰を上げた。名前に覚えはないが、自分のことを知っているらしいのなら仕方がない。

「嫌あね、美人て聞くと」

「馬鹿《ばか》か。年増なんだろう？」

自分では、それ程人嫌いのつもりもないのだが、ことに久仁子と結婚して以来、新平はなるべく店に出ないようにしている。陽気で話し好きの久仁子の方が、ぶっきらぼうで口下手の新平よりも、客の受けも良いし、新平は仕事の邪魔をされずに済むのだから、よほど都合が良いのだ。

「あらあ！　あなた、新ちゃん？」

暖簾をくぐり、あまり陽の射さない店に出た途端、陽気な声がかかった。新平は出鼻をくじかれた気分になり、会釈《えしやく》をするよりも前に、店先に立っている女をしげしげと眺めた。

「――いらっしゃいませ」

「イヤだ、私よ」

最近は下町でも、和服で歩いている女など、そうそう見かけるものではない。歳《とし》の頃からすれば三十五、六か、新平と大差ないと思うが、一目見て水商売と分かる、粋《いき》な着こなしの女が、悪戯《いたずら》っぽい笑みを浮かべて新平を見上げていた。

「あ――」

新平は、綺麗《きれい》に髪を結い上げている女を、信じられない気分で見つめた。

「――もしかして、しいちゃん？」

おずおずと口を開くと、女は白い喉《のど》の奥から、娘のようなはしゃいだ声を上げて笑った。

「覚えていてくれた？」

「何だよ、本当にしいちゃん？」

「そうよ。わあ、新ちゃん、昔の面影があるわあ。本当に、お父さんの仕事を継いだのねえ。建物が違っちゃってるから、心配だったのよ、看板も何も出てないし」

新平は、「へえっ」と言ったまま、目の前で笑っている静恵を、ただ目を丸くして見つめていた。そう言われてみれば、目元や鼻の線、顎《あご》のあたりには昔の面影があるように思う。特に、少しばかり気の強そうな印象を与える、ほんのわずかに上を向いている鼻は、昔の静恵のままだった。

「嫌だ、そんなにじろじろ見ないでよ」

静恵は照れ臭そうに横を向くと、ついでに狭い店の中を見回し始めた。そこには、先年亡《な》くなった父や、新平が修業に出されていた店の師匠が文字を書いた提灯が、鴨《かも》居《い》に一列にかかっている。

「懐《なつ》かしいわあ、皆さん、お元気？」

くるりと振り返ると同時に尋ねられて、新平は、両親共に既に亡くなったのだと答えた。静恵は「そうなの？」と驚いたように目を瞬《しばたた》き、「本当に？」と改めて店内を見回す。そんな彼女の姿を、新平は信じられない思いで、ただ目で追いかけていた。

「でも、この雰囲気は、昔と全然変わってない気がする」

「建て替えたっていったって、やってることは変わんないからさ」

静恵は、紙の部分のすっかり黄ばんでしまった古い看板提灯を指して、溜息《ためいき》ともつかない声で「懐かしい」と呟《つぶや》いた。

「本当に提灯屋になったんだ。偉いわねえ、伝統工芸の職人さんなのねえ」

鎌倉時代には、既に「ちょうちん」という言葉は出来上がっていたらしい。現在の原形といわれる籠《かご》提灯が出来たのは、室町時代初期の頃だと言われている。円筒形の竹籠の周囲に紙を張って火袋とし、手で提げるための取っ手をつけただけのもので、現在のように畳むことは出来なかったそうだが、室町時代の末期には、今日のように折り畳む提灯の原形のようなものが出来たと考えられている。それが江戸時代に入り、蠟燭《ろうそく》の普及によって、様々な形の提灯が生まれるようになった。

「そうそう、こんな丸いの、家にもあったわ。あれ、新ちゃんのお父さんが作ったんじゃないかしらねえ」

昔は、どこの家にも冠婚葬祭に共通で使用した提灯があったものだ。自宅で結婚式をしなくなったことから、もっぱら葬儀用になり、現在はそれすらもなくなった。俗に小田原提灯とも呼ばれる看板提灯や桶形《おけがた》提灯など、色々な種類があるにはあるが、最近では、弓張提灯が、仕事の八割を占めるまでになった。竹などを弓なりに張り、火袋を伸ばして、下に置いても提灯が畳まれないような仕組みになっている提灯である。時代と共に照明装置としての役割よりも、目印や装飾用に、その役割も変わってきている。

「松原なんていうから、誰かと思ったよ。何年ぶりだい」

彼女がいつまでも店先を見回しているから、新平はたまりかねて声をかけた。

「二十――一、二年、かしら」

静恵はようやく振り返り、再び新平の前に戻ってきた。

「そんなになるかなあ」

「そうよ、だって新ちゃんなんか、まだいがぐり坊主《ぼうず》の中学生だったんじゃないの」

新平は、昔の懐かしい思い出が、頭の中で一気に渦巻くのを感じた。時が逆流しそうだ。そんなに長い月日が流れたのだろうか。セーラー服姿の静恵が目に浮かぶ。

「いらっしゃいませ」

ふいに背後で声がした。振り返ると、茶の支度をした久仁子が、半分照れたような笑みを浮かべて立っていた。彼女は上がり框《がまち》に盆を置くと、いそいそと店の片隅に積んである座布団《ざぶとん》を持ってきた。そこで初めて、新平は静恵を立たせたままだったことに気づいた。

2

新平が久仁子を紹介すると、静恵は「あら」と驚いた顔になり、「若いお嫁さんねえ」と笑った。

「童顔なんだよ、な」

新平が照れている間に、久仁子は自分から「八つ違いなんですよ」などと言い、静恵に問われるままに、自分の年齢が二十六であること、結婚して二年目であること、結婚前には仏壇屋に勤めていたことなどをすらすらと答えた。静恵は、ものの五分とたたない間に新平と久仁子の馴《な》れ初《そ》めから、仲人《なこうど》の名前までを知ることになった。新平は、黙って女房と静恵のやりとりを聞き、二人の女を眺めていた。妊婦服を着ているせいか、一層子どもっぽく見える久仁子と、既に完成されていると言っても良いくらいに、落ち着いた美しさをたたえている静恵とは、好対照をなしていた。

「提灯の取り持つご縁？」

「提灯が縁だったことは確かなんですけれど、私の仕事とは関係ないんです。最近は、お葬式で使う提灯なんか、皆、印刷した紙を貼るだけだったり、プラスチックの提灯だったりするんですから。私たちは、お祭りの方で知り合ったんです。ねえ？」

勧められるままに茶をすすりながら、静恵はさも面白い話を聞くように、「あら」「そう」を繰り返している。そんな様子を見ていると、いかにも客あしらいに慣れているらしく見え、やはり彼女は一見して分かる通り、水商売に入ったのだろうと新平は察しをつけた。

「あなたとは？どんなお知り合い？」

自分のことをひと通り話してしまうと、今度は久仁子は静恵と新平とを見比べながら、こちらの腕を軽く押してきた。

「しいちゃん——静恵さんていってな、昔この近所に住んでたんだ。いっつも、よく遊んでもらってさ。ああ、そろばん塾にも、一緒に通ってた。ほら、それこそ、岩ちゃんとか、和男とかと、一緒にさ」

今度は久仁子が目を丸くする番のようだった。彼女が「こんな綺麗《きれい》な方が、あなたのお友達にいたなんてねえ」と、さも感心したように言うと、静恵は軽やかな声を上げて笑った。その声を聞いて、新平はどきりとなった。以前の静恵は、果たしてどんな笑い方をしただろう。これ程までに艶《つや》のある笑い方ではなかったはずだ。

「友達ったって、しいちゃんの方が俺らよりも七つ、八つか？　年上なんだから、ずっと姉さんだよ」

新平は、胸の奥にわずかに疼《うず》くものを感じながら、当時の彼女を思い浮かべ、そう考えてみると、現在の静恵は、もう四十を一つか二つ、過ぎていることに気づいた。それにしては、彼女の肌理《きめ》の細かい肌は大して小皺《こじわ》も目立たず、むしろ、しっとりと潤《うるお》った美しさがあった。

「勉強もみてもらったし、近所のガキ大将に虐《いじ》められてるとさ、よく助けてもらったもんだ」

「新ちゃんと同い年で、やっぱり虐められっ子の――何ていったかしら、駄菓子屋の子がいたのよね」

「浩治《こうじ》だ、浩治」

静恵は瞳《ひとみ》を輝かせて「そうそう」と手を打つ。

「よく、お店のお菓子を持ってこいって、命令されてたの。新ちゃん、『うちは提灯《ちようちん》屋だから、脅されても提灯持ってこいとは言われないから助かった』なんて言ってたわよね」

古い映画か何かのように、当時の景色が思い出されてきた。西陽の射《さ》し込む路地に並べられた植木鉢や、可愛《かわい》がっていた野良《のら》猫、置き忘れられた三輪車、そして、お下げ髪に吊りスカート姿で手を振っていた静恵が鮮やかに蘇《よみがえ》る。あの頃の静恵は、幾《いく》つくらいだったのだろう。

「あなた、虐められっ子だったの？」

久仁子は、さも愉快そうに新平の顔を覗《のぞ》き込んでくる。新平は、自分自身でも忘れていたことだから、半分照れながら笑っていた。そして、その一方で不思議な気持ちになっていた。

「そうよ、泣き虫で有名だったわね、新ちゃん。私、何度おぶって帰って、背中を濡らされたか分からないもの」

あんなに可愛がられていた、幼い日の思い出に欠かすことの出来ないはずの静恵のことを、どうして今の今まで忘れていたのだろう。ことに、思春期の頃の新平をあんなにも苦しめた人こそ、この静恵ではなかったか。何年たとうと彼女の年齢には近づけないことに悩み、少しでも傍にいたいと思いながら、年齢と共に照れ臭く、気恥ずかしく感じるようになったのは、小学校の高学年の頃だっただろうか。

「昔から、新ちゃんは字が上手だったものねえ」

「でも、習字の時間には叱《しか》られたよ。『提灯屋みたいな書き方をするな』って。だから、『提灯屋です』って答えて、ひっぱたかれたこともあったな」

「面白い、もっとうかがわせてください」

久仁子はすっかり面白がって、瞳を輝かせて静恵の話に聞き入っている。

「でも、新ちゃんが小学生になって、だんだん大きくなってからは、自然にあまり遊ばなくなったわねえ。それに、新ちゃんが中学生の頃に、私はこの町から引っ越したものだから」

確か、静恵の父親が亡くなったのだ。そして、彼女はこの町から消えた。あの時、新平は胸がつぶれるほどの淋《さび》しさを感じながら、その一方では、もうガキではない、静恵など自分には関係ない、必要でもないと、そんな虚勢を張っていたと思う。

「おい、夕飯の用意は」

「あら、いけない」

途中まで、何とか話題に加わろうとしていたらしい久仁子が、少しばかり残念そうに「ごゆっくり」と言って店の奥に引っ込んでしまうと、静恵は一つ深呼吸をして、バッグから煙草《たばこ》を取り出した。

「奥さん、おめでたなのね」

紙を使う仕事場だけに、普段は店は禁煙にしている。だが、新平はいそいそと灰皿を差し出した。

「まだガキなんだよ。いつだって、頭ん中がとっちらかってるみたいな奴《やつ》だからさ。あれで母親になんて、なれるのかと思うよ」

照れ隠しに口をへの字に曲げて見せると、静恵はわずかに目を細めながら「何、言ってんのよ。可愛くってしょうがないっていう顔してるわよ」と言った。

「可愛い人ね」

「あの新ちゃんがお父さんだものねえ。こっちが歳をとるわけだわ」

煙草の煙と共に呟く静恵の横顔は、驚くほどふてぶてしく、開き直ったような落ち着きを持って見えた。新平は、急に何を言ったら良いのか分からなくなって、目のやり場にさえ困るような気がしてきた。

「それで――どうしたの、今日は。こっちに用でもあったのかい」

気を取り直すつもりで口を開くと、静恵の表情が再び変わった。瞳を輝かせ、身を乗り出して、彼女は「違うのよ」と言った。

「また、こっちに住もうと思って。今度ね、お店を出すことにしたの」

久仁子の気をはかっていたのかも知れない。静恵は急に声の調子を落として、ぽつり、ぽつりと、この町を離れてからの、二十数年間を語り始めた。父親が亡くなってから、彼女も相当な苦労をした様子だった。結局、口を利《き》いてくれる人がいて、芸者になる決心をしたのは二十歳の頃だったという。それから紆余曲折《うよきよくせつ》を経て、最近になってようやく店を持てることになったのだそうだ。話を聞きながら、新平は、事情はともかく、静恵の芸者姿はさぞかし美しかったろうと思った。

「最初は嫌でたまらなかったわ。でも、慣れてくるものなのね。ほら、うちはお父さんが大酒飲みだったから、酔っ払いなんて大嫌いだったし、お愛想なんて、とても言えやしないと思ってたんだけど、じきに平気になっちゃった。そりゃあ、好きな人も何人か出来たし、本気で一緒になろうって言ってくれる人だって、一人もいなかったってわけでもないんだけど、結局長続きしなくてね、未《いま》だに独りよ。とにかく、いつかは自分の店を持ちたいっていう、その一心だったから、これまで我慢出来たようなものなのよ」

　新平が、生まれてこの方、ずっと同じ路地に暮らしている間に、静恵の上には大きな変化があったのだと、新平は改めて感じていた。ここにいる彼女は、もうかつての静恵とは違うのだろう。年月が、変えたのだ。

「ずいぶん長い間、ご無沙汰《ぶさた》しちゃったけど、だから、これからはまた、昔のよしみでよろしくお願いします、ね」

　けれど、それでも静恵は静恵だった。かつて、幼い新平よりもよほど背も高く、その背中さえ、母に似て甘ったるく自分を支えてくれていたはずの静恵は、今は新平よりもずっと小柄な、華奢《きやしや》な姿で笑っている。

「よせよ、水臭い」

「だって、戻ってきてみたら、案外変わっちゃってるんで、びっくりしたのよ。懐《なつ》かしい一心でここに決めたのに、急に心細くなっちゃって」

「まあ、確かにここ十年くらいで、町の風景はずいぶん変わったな。だけど、一歩入りゃあ、こんなもんだし、人はさ、結構残ってんだ。しいちゃんが戻ってきたって聞いたら、皆喜ぶさ」

静恵は「本当?」と言いながら、軽く着物の襟のあたりに手をやり、小さく溜息《ためいき》をついた。心なしか、少しばかり疲れているようにも見える横顔は、新平など想像もつかない世界を見てきた女のそれだと思った。

「一応、開店の予定は十一月の半ばっていうことにしてるんだけど、内装の業者には高い資材ばっかり勧められるし、あれこれと頭が痛いの。自分で何もかもやろうと思うと、本当に毎晩、電卓を叩《たた》いていなきゃならないわ」

これから大工を探すというのなら、地元の誰彼を紹介するくらいは出来るのだが、新平には、他に力になれそうなことはなかった。久しぶりに現れた静恵に「よろしく」などと言われても、出来そうなことが思い浮かばない。

「ああ――俺さ、開店祝いに提灯、贈らしてもらうよ。そんなことくらいしか、出来ないけどさ」

「本当？　新ちゃんの作った提灯を？　ああ、嬉《うれ》しい！」

静恵は意外な程に嬉しそうな声を上げた。新平は、途端に気が軽くなって、そんなことくらいならば、お安いご用だと思った。

「店の名前は、何ていうんだい」

「『お静』。私の名前をとってね。ね、本当ね？　あてにして、いいのね？」

「当たりめえだよ。待っててくれよ」

静恵は晴れやかな表情で「嬉しい」と何度も繰り返した。新平は、自分こそ嬉しいと言いたかった。何か、とても大切なものを、ずっとしまい忘れていたような、そんな気がしてならなかった。

「新ちゃんにまた会えるなんて、本当に嬉しい。やっぱり帰ってきてよかった。ねえ、これからも、何かと頼りにさせて、ね」

わずかに眉《まゆ》をひそめて小首を傾《かし》げる姿は、いかにも愛らしく、またあだっぽくも見える。新平は、初めて静恵から一人前の男として扱われているのを感じた。

その夜、ビールの酔いも手伝って、新平の舌は普段の日よりも滑らかになっていた。静恵が現れたことで、これまで何年もの間忘れ去り、すっかり埃《ほこり》を被《かぶ》っていた思い出が、後から後から引っぱり出されてきた。

「嬉しくなっちゃったんでしょう」

久仁子はにやにやと笑いながら、そんな新平の顔を覗き込んできた。

「まさか、あの人が現れるとは思わなかったもんなあ。だって、考えてもみろよ、二十何年ぶりだぜ」

「綺麗よねえ。あなたより八つも上っていったら、もう四十二歳っていうことでしょう? とっても、そんなふうに見えない」

酌をされながら、新平は、わずかに興奮しているのを感じていた。そう、静恵は美しかった。かつて、この胸を熱くした人が、今も美しいままでいてくれる、それが、これほどまでに嬉しいこととは思わなかった。

「初恋、だったりして」

頰杖《ほおづえ》をついて、試すようにこちらの顔を覗き込んでくる久仁子に向かって、「馬鹿《ばか》言え」と言ったものの、新平の気持ちは穏やかではなかった。子どもの頃のことなのだから、別に話しても構わないではないかと思う。だが、それでも口外してはならないことだと、頭の中で警戒ランプのようなものが点滅している。これは、新平一人の大切な思い出なのだ。

「姉貴みたいな人だったんだよ。可愛がってもらったんだ、本当にな」

「お店が出来たら、入り浸りになるんじゃないでしょうね」

「俺なんかが、そうそう入り浸れるような店じゃなさそうだ。しいちゃんは『気軽な店よ』なんて言ってたけど、聞いてみりゃあ、板前も、赤坂あたりの料亭から引き抜いてくるっていうし、それなりにいい値段を取る店って感じがしたな」

久仁子はくすくすと笑い、大きく頷《うなず》いた。

「そりゃあ、残念だったわねえ。ああ、よかった、あんまり無駄遣いされずに済みそうで」

奇妙な後ろめたさのようなものが、心の片隅でうごめいていた。それに気づいて、新平は密《ひそ》かにうろたえた。後ろめたく感じることなど、何一つとしてありはしないのだ。ただ、懐かしいだけだ。そう自分に言い聞かせながら、その夜の新平は普段よりも酒を飲んだ。

3

翌週、新平は静恵のための提灯《ちょうちん》を作った。すとんとした円筒形の火袋の上下に、火袋を収納出来る、ちょうど弁当箱のような雰囲気の木製箱のついている、かつては旅人が携帯したという小田原型の看板提灯である。

予《あらかじ》め霧を吹きかけ、内側に突っ張り棒を当てて和紙を伸ばされた火袋は、和紙と骨との凹凸が少なくなって、文字が書きやすくなっている。まずは、その火袋に、柳の木炭を使って文字の下書きをする。「お静」という文字を、火袋一杯に割りつける場合に、等間隔で通っている骨は定規の役割も果たす。さらに、千社札を貼《は》ったように、屋号の肩のあたりに「割烹《かっぽう》」という文字を斜めに入れる。後で、この部分だけ地を赤く塗れば、提灯に華やかさが増す。

「張り切ってるわねえ」

時折、久仁子が冷やかし半分の笑顔で顔を覗かせる。新平は、相変わらず「おう」とだけ答えながら、文字は「内がすり」という書き方にしようと決めていた。文字に勢いを持たせるために、筆のかすれを表現した空白を、文字の内側のところどころに作り、さらに筆の入るところ、出るところにも、髭《ひげ》のような線を入れる書き方のことをいう。

提灯文字というのは、江戸文字と呼ばれる勘亭流・びら文字・相撲文字・千社札文字などの一種の筆太の文字をいい、ことに文字の「はね」の部分を大きく勢いを持たせてあるところに特徴がある。もちろん、注文に応じて草書や篆書《てんしょ》などといった字体を使うこともあるが、主流はその提灯文字だった。

——福を呼ぶような、そんな提灯にしねえとな。

普段、新平は自分の店で注文を受け、店で出来上がった提灯を手渡すことにしている。だから、自分で文字を入れた提灯が、どこのどんな場所に吊《つる》されているか、実際に確かめる機会はほとんどないといって良かった。だが、今回は、他ならぬ静恵の店の提灯だ。それも、新しい門出の記念の品にもなる。自ずから、気合いが入るというものだった。

文字の下書きが出来たら、次に細い面相筆《めんそうふで》で文字の縁取りをする。呼吸一つでも筆先が震えるから、息を止めて一気に線を引く。そして、縁取りが出来れば、次は塗りである。自分なりに穂先の具合や墨の含み具合を工夫してある太い筆を使って、文字の中を塗っていく。いくら突っ張り棒で伸ばしているとはいえ、やはり火袋には凹凸がある。丁寧に、隙間《すきま》が出来ないように塗っていく。真っ白い和紙の上に、黒々とした躍動感のある文字が浮かび上がってくるのは、何度経験しても嬉しいものだった。

「箱、何色にするの？」

塗り上がった文字を遠目に眺めていると、久仁子が再び顔を出した。墨の匂《にお》いが好きだという女房は、「いい字ねえ」と目を細め、満足そうに新平の仕事ぶりを褒める。そんなとき、自分の技量はまだまだだと分かっていながら、新平は満更でもない気分にさせられた。

「黒じゃあ、渋すぎるかな」

「静恵さんの雰囲気だったら、少しくらい違ってても、いいんじゃない？　そうねえ、白木のままか、小豆色か」

弓張提灯などの場合には、火袋の上下には重化《じゆうけ》と呼ばれる黒い輪をつける。近頃では、実際に使用される機会も減り、蠟燭《ろうそく》の代用品として電池式のライトなどが出来てきた。それでもやはり、蠟燭を立てるためには欠かせない針皿のついている底輪と、弓をかける弦《つる》や底輪から伸ばされる、鎖をガイドするための口蟬《くちぜみ》のついている化粧輪である重化は欠かせない。大概は黒なのだが、小田原提灯の場合は、重化代わりの箱も大きく、目立つので、注文によっては様々な色を選ぶことがあった。

「いや、やっぱり黒がいいな。きりっとしまって見えるだろう」

「粋《いき》にね」

「そう、粋にだ」

久仁子に頷いて見せてから、新平は、今度は提灯の両脇《りょうわき》に紋を描く用意に入った。「ぶんまわし」と呼ばれる竹製のコンパスを使って割りつけをし、後から墨を入れるのだが、何せ相手は凹凸がある上にカーブもしている火袋だった。平面に描くときとは違う筆遣いが要求される。紋が入ったら、最後に朱赤を塗る。滲《にじ》み止めのために、膠《にかわ》とみょうばんを溶かしたドーサという下地を塗り、その上から朱赤を入れれば、後は乾くのを待ってから上下の箱を組み立てて、提灯の出来上がりだった。

「静恵さん、喜んでくれるといいわねえ」

出来上がった提灯を見て、久仁子は自分のことのように表情を輝かせた。幼い頃に、姉弟同様に育ったのだという説明が、彼女に静恵を大切にしなければと思わせたのかも知れない。そんな女房を眺めるにつけ、新平はどことなく居心地の悪い感覚を抱かないわけにいかなかった。だが、嘘《うそ》はついていない。すべては本当のことだ。自分の方がおかしな拘《こだわ》り方をしているのに違いない。そう言い聞かせて、新平は真新しい提灯を畳んだ。

やがて下町にも木枯らしが吹き、朝晩の冷え込みが厳しくなってきた頃、『お静』は開店した。新平は、久仁子と数人の幼なじみと共に開店祝いに顔を出した。

「いい仕上がりじゃないか」

「大したもんだね、さすがに」

店先に吊《つる》されている提灯を見つけて、仲間は口々に褒めてくれた。

「今日は、俺じゃなくてさ、しいちゃんの店を褒めなきゃ、いけねえんだぞ」

「ああ、そうか」

笑いながら店に入ると、新しい木の香りに包まれて、静恵が「あらあ！」と言いながら走り寄ってきた。そして、静恵を覚えている人たちも、口々に静恵がこの町に戻ってきたことを喜び、彼女の新しい門出を祝福した。

「嬉しいわあ。それにしても、皆さん、ご立派になっちゃって。ゆっくりしていらしてね」

静恵は、少しばかり老《ふ》けて見えるような地味な着物を着ていたが、それがかえって彼女の表情を若々しく見せていた。

「この前より、ずっと綺麗《きれい》ねえ」

耳元で久仁子が囁《ささや》く。確かに、水を得た魚のように、自由に店内を動き回っている彼女は、日中よりも一層華やいで、艶《あで》やかに見えた。カウンターに入っている見習いらしい店員に、さりげなく注意をする仕草なども、さすがといおうか、すっかり堂に入ったものだし、貫禄《かんろく》のようなものさえ漂っている。

「彼が、うちの板さんなの。明くん」

途中で、客席に顔を出した板前のことも、静恵は浮き浮きとした様子で紹介した。色白で二枚目の板前はいかにも職人らしく、黙って丁寧に頭を下げると、そそくさと板場に戻っていく。新平は、それだけで穏やかではない気分にさせられた。あの板前は、新平よりも若いようだった。そんな男が、彼女の傍にいるのかと思うと、どうも良い気がしない。

「素敵な板前さんじゃない？　静恵さんの魅力で呼び寄せたのかしらね」

だいぶ突き出してきた腹を抱えながら、久仁子が耳もとで囁いた。新平は、素直に頷く気にもなれず、黙って料理をつまんでいた。

「それにしても、すごい招待客だな」

幼なじみの一人が、感心したように店を見回して言った。新平たち地元の人間は、小上がりにひとまとめにされて座っていたのだが、カウンターやテーブル席は、他の招待客で満席の状態だった。明らかに芸者仲間と思われる女たちや、五、六十代の、仕立ての良いスーツを着こなした男たちは、新平とはまるで無縁の人たちに見えた。それらの客に、新平には馴染《なじ》みのない笑顔を見せている静恵も、遠い存在に思われた。再会したばかりだというのに、何故《なぜ》だか置いてけぼりにされているような、不思議な焦燥感が広がっていく。

「今日は招待だったからいいけどさ、あの値段じゃあ、おいそれとは行かれやしないぞ、おい」

店から出ると、仲間の一人が呟《つぶや》いた。確かに、客筋からしても、店の造りからしても、新平の想像をはるかに超えたものだった。

「せいぜい、年に一、二回ってとこかね」

「だなあ。どうも、敷居が高いや」

他の仲間も頷く。せっかく同じ町内に戻ってはきたが、やはり昔のままのつき合いというわけにはいかないのだろう、というのが、彼らの意見だった。

「いいじゃない？　日中は、普通に家にも来てくださってるし。何も、昔のお友達を相手にお金儲《もう》けしようなんて、あちらも考えていないだろうから」

久仁子がコートの襟元をおさえ、白い息を吐きながら笑って言った。新平は、歳《とし》の離れた女房に笑顔を返し、出てきたばかりの店を、そっと振り返った。新平の作った提灯は、開店祝いの盛り花に囲まれて、ふらふらと揺れていた。せめて、あんな形でも、静恵の傍にいられるだけ、良いのかも知れない。

「やっぱり、あれじゃない？　スポンサーみたいな人が、いるんじゃないかしら」

二人きりになると、久仁子がぽつりと言った。何となく、さっきの板前のことが気になっていた新平は、意外な思いで女房を見た。

「いくら長い間、芸者さんをしてたからって、あそこまで立派な店を持てるもの？　私、聞いたんだけど、貸し店じゃないそうよ」

「あそこ、買ったのか」

新平は驚いて久仁子を見た。地元の出身ではない久仁子だが、社交的な性格に加えて、最近では産婦人科などに行く度に知り合いを増やして帰ってくるから、新平などよりもよほど近所の噂《うわさ》に詳しい。

「まあ、それも甲斐性《かいしょう》よね。大したものよ」

星空を見上げながら、のんびりと話す久仁子の隣で、新平は何故か惨《みじ》めな気分だった。どう考えても、やはり遠い存在なのだと、そう思うより他になかった。

だが、それからも静恵は一週間か十日に一度の割で、新平の店に現れた。久仁子は、自分が耳にしている噂のことなどおくびにも出さず、とにかく静恵と親しくなろうと懸命の様子だった。

「私も静恵さんみたいに着物を着こなせるようになりたいわ」

「どうして、そんなにお肌が綺麗なんですか？　私なんか、もう小皺《こじわ》がくっきりなんですもの」

だが静恵の方は、そんな久仁子の努力も小娘がさえずっている程度にしか感じていない様子だった。最初の頃こそは愛想も良く、こまめに相槌《あいづち》を打ちながら「そうね」などと言っていたものだが、やがて久仁子が何を言っても、適当に聞き流すばかりで、すぐに「ねえ、新ちゃん」が始まるようになった。女房の手前、あまり嬉《うれ》しそうに返事をすることも出来ないから、新平はよく窮屈な気分になった。

「気にするなよ」

静恵の久仁子に対する態度があまりに素っ気ないときなど、新平は後から久仁子にそっと言うことがある。だが、生来呑気《のんき》に出来ているらしい久仁子は、その都度きょとんとした顔で、新平に「何が？」と聞き返すのが常だった。

「元々あなたの幼なじみなんだし、私だって、あんなに年上のおばさんと本気で話が合うとも思ってないわ」

静恵を「おばさん」と言い切ってしまうところが、若い久仁子の残酷な部分かも知れない。自分にとっては特別な存在の静恵も、久仁子から見ればただの「おばさん」にすぎないのだと思うと、新平は情けない気分にもなった。

「第一、静恵さんてときどきこっちがどきりとするようなことを言うじゃない？　そんなにお上品ぶるつもりはないけど、私、何て答えたらいいのか分からなくて困るもの。あなたのお姉さん代わりだったっていうから、大切にしようとは思うけど、やっぱり別世界の人っていう感じ」

それには新平も気づいていた。新平からすれば、大した内容でもないのだが、静恵の会話の中には、下ネタの入る場合が多い。その都度、久仁子が目を丸くしていることは確かだった。一方、静恵の方も、久仁子をあまり快くは思っていないらしいことが、少しずつ分かってきた。

「ぴーちくぱーちく、賑《にぎ》やかな子ねえ。新ちゃん、あんな奥さんが傍にいて、字を間違えたりしないもの？」

結い上げた髪を手で撫《な》でつけながら、薄く微笑《ほほえ》んでそんなことを言うときの静恵の顔は、明らかに四十を過ぎた女のそれだった。

「同じ女でも違うものよね。私も、この町で暮らしていた頃には、自分もあんな奥さんになるんだろうって、そんなことを考えてたような気もするんだけど」

彼女が溜息《ためいき》混じりに呟くとき、新平は静恵の言葉の内に、久仁子の平和な生活と、その若さに対する明らかな羨望《せんぼう》のようなものを感じないわけにはいかなかった。だが、その一方で、新平に対する信頼度だけは、増していくらしい。

「ねえ、お願い、新ちゃん」

そのひと言を、新平は幾度となく聞かされるようになった。かつて憧《あこが》れていた女性にそう言われて、嫌な気のするはずがない。とてもかなわない相手だと思っていた静恵に頼りにされるのは、願ってもないことだという気もする。だが、その一方では、新平は久仁子が仕入れてきた噂話にこだわり続けていた。何も、自分をあてにする必要などないではないか。若い板前もいれば、パトロンもいる、新平よりも力になる男が何人もいるのではないかと思う。そう考えると、静恵にからかわれているか、または社交辞令で「お願い」などと言われているとしか思えなくなってくるのだ。

「俺なんか、しいちゃんの役に立てるような男じゃ、ないよ」

静恵にあれこれと聞かされて、最後に例によって「お願い」と言われるとき、新平は半ば自嘲《じちょう》的に答えることもあった。すると、決まって冷たい手がすっと伸びてきて新平の手を握った。静恵の手は、本当にいつもひんやりと冷たかった。

「何、言ってんのよ。損も得もなく、私の話を聞いてくれるのは、新ちゃんだけじゃないの。新ちゃんに、そんなこと言われたら、私、どうすればいいの」

切なそうに眉根《まゆね》を寄せて言われるとき、何年ぶりかと思うほど、新平の胸は高鳴った。こんなところを久仁子に見られたらどうしようと思いながらも、満更でもない気持ちになるのが常だった。

4

やがて年が明け、二月の半ばに、久仁子は男の子を出産した。新平は、病院や女房の実家に足を運ぶ以外は、ひたすら提灯《ちょうちん》を作り続けていた。

「もう、水臭いじゃないの。どうして顔を出してくれないの？　せっかく、羽を伸ばせるときなのに。他ならぬ新ちゃんが来てくれたら、安くしとくわよ」

「よせよ。俺にだって、面子《メンツ》ってもんがあるし、第一、しいちゃんの店は、俺らには、少しばっかし窮屈なんだ」

静恵は「変な人ねえ」と言いながら、軽やかな声で笑った。『お静』は、おおむね順調にいっている様子だった。春先の、微《かす》かな香りをはらんだ風が吹くようになる頃には、新平は他の人の口からも『お静』の評判を耳にするようになっていた。

「静恵さんと板前さん、ただならぬ関係だっていう噂よ。もう、板前さんの方が、静恵さんにぞっこんなんですって」

子どもを抱いて実家から戻ってくるなり、久仁子も早速、新しい噂を収集し始めた。まったく、女の世界はどうなっているのかと思う。女房はいつの間にか、静恵の芸者時代の逸話から、現在のパトロンの名前までを聞き出してきた。

「誰から聞いてくるんだよ。くだらねえな」

「酒屋さんよ。前に、静恵さんが向島に出てた頃にも、ちょっと知ってたんだって」

新平は、久仁子がそんな話をする度に、心の中の動揺を隠すように、出来る限り知らん顔を決め込んでいた。そんな噂が新平の耳にも届いているなどとは、夢にも思わないのだろう。静恵は相変わらず顔を出した。

「ねえ、ちょっと、新ちゃんを借りるわね」

時折、彼女は息せききって店に飛び込んでくると、小さな息子を抱いている久仁子の前から新平を連れ出すことがあった。何事かと思って新平も慌《あわ》てて外に出ると、どうということはない、一緒に茶を飲もうとか、あんみつを食べようとか、そんなことなのだ。

「だって、ただ喫茶店に行こうって言ったって、あの子がなかなか許してくれないでしょう?」

向かい合って座ると、静恵は悪戯《いたずら》っぽい笑みを浮かべる。新平は、どこで誰に見られているか分からないと思うから気が気ではない。とにかく、帰宅したら必ず本当のことを久仁子に言うことにして、あまり目立たないように気を配りながら、静恵との時を過ごすことが多かった。

「大人になると、不便よねえ。昔は、内緒話する場所なんか、事欠かなかったのに。ただ喋《しゃべ》るってだけでも、どこかの店を探さなきゃならないんだものねえ。壁に耳あり、だし」

静恵は、本当に久仁子のことを疎《うと》ましく感じている様子だった。久仁子の方は、相変わらずけろりとしているのだが、ことに長男が生まれてから、静恵は久仁子に敵対心のようなものさえ燃やしている。

「若けりゃいいっていうこと、ないわよ。二十代なんて、野暮ったくて小便臭い、ただのケツの青い小娘じゃないのさ。新ちゃん、よく疲れないわねえ」

時には、静恵はあからさまにそんな文句まで言った。そこまで言われる筋合いはないと思いながら、そう言わずにいられない部分に、静恵の淋《さび》しさや満ち足りていない心がうかがわれる気もして、結局、新平は曖昧《あいまい》な受け答えしか出来なかった。

「まあ、気《き》が利かない奴《やつ》では、あるんだけどさ」

「だったら、どうしてそんな娘と一緒になったわけ？　私、ひょっとしたら、新ちゃんはまだ独りなんじゃないかって、思ってたのに」

「――そんなこと、言ったって」

そんな言葉に、いちいち嬉しがってはいられない。そう自分に言い聞かせながらも、どうしても気持ちが揺れた。何かのタイミングが違っていれば、お互いの運命が変わっていたのではないか、年齢差など、大人になればどうということもなかったのではないかなどと、想像することも少なくなかった。

――それでも、取り戻せるような時間じゃない。俺は、久仁子と子どもと、生きていく。

仕事場の片隅に子どもの玩具《おもちゃ》が転がるようになり、その玩具も徐々に複雑なものに変わっていった。やがて、親子三人で初めての正月を迎えた直後、久仁子は二人目の子どもを身ごもった。新平の日々は変わらなかった。火袋を伸ばし、文字を書き、紋を入れて提灯を組み立てる。同じ作業を淡々とこなしながらも、まったく同じ提灯は二つとない。自分なりに、文字の作りやバランスの取り方などに少しずつ工夫を加えながら、新平は仕事を続けた。

「相変わらず、お忙しそうね」

「あら、静恵さん、いらっしゃい」

「ちょっと、新ちゃん借りていくわね」

「はいはい、どうぞ」

静恵は、いつでもひょっこりと顔を出しては新平を連れ出す。新平は、時には久仁子に手を振って見送られながら、幼い頃と同じように静恵に従った。静恵は、ときどきは客からもらったなどと言って、芝居や映画の切符を取り出してくることもある。結婚して以来、夫婦で行く機会も減ってしまった劇場や映画館に、新平は久仁子の了解を得て、静恵と連れだって出かけた。

「子どもが小さいから、どっちみち私は行かれないんだもの。板前さんは仕込みがあるんだろうし、他に気軽に誘える相手もいないんでしょう」

久仁子は近所の主婦たちに、そういう説明をしているらしかった。亭主にとって姉のような存在ならば、自分にとっても同じことだと言っていると、新平は、女房同士も親しく言葉を交わすようになっている幼なじみから聞かされた。その都度、胸の奥にちくりと痛みが走る。久仁子に対して申し訳ないと思う。

「しいちゃん、たまにはさ、うちの奴にも、何か声かけてやってくれねえかな」

あるとき、新平は思い切って静恵に切り出した。静恵は、いかにも驚いた顔で新平を見つめてきた。その眼差《まなざ》しの強さに、新平は思わず目を逸《そ》らしたくなる。だが、もう子どもではない。お互いに、一人前の大人だった。

「だって――あんなにお腹《なか》が大きいんじゃ、どこにも出かけられないんだし、声をかけろっていったって」

静恵は、明らかに動揺した様子だった。

「あんな奴だけど、しいちゃんのこと、慕ってるんだ。あんまり、ないがしろにされるとさ、いくらあいつが能天気だって、そのうち――」

「分かったわよ」

新平が言い終わらないうちに、静恵は面倒臭そうに顔を背けた。新平は、気を悪くしただろうかと不安になり、怯《おび》えたように彼女の様子をうかがっていた。だが、静恵は案外けろりとした顔で、「そりゃあ、そうよね」と一人で頷《うなず》く。

「新ちゃんの大切な奥さんなんだものねえ？　奥様公認でつき合わせていただいてる以上、少しは気を遣えっていうことね」

「おい、つき合ってるなんて、そんな――」

新平は慌てて彼女の言葉を否定しようとした。だが、静恵はわずかに目を細め、いかにも意味ありげな笑みを浮かべている。

「噂《うわさ》になってるって。新ちゃんは、滅多に店から出ないから知らないんだろうけど」

「おい――だって、あんたにはパトロンも板前もいるんだろう?」

つい、口を滑らせてしまった。しまった、と思った。新平が、慌てて言い繕う言葉を探している間に、ひんやりとした静恵の手が伸びてきて、開きかけていた新平の唇に触れた。

「私に誰がいたって、関係ない。新ちゃんと私とは、特別でしょう? 私は、そのつもりなんだけど」

静恵の顔が間近に迫っていた。不敵にすら思える濡《ぬ》れた瞳《ひとみ》が、じっと新平を見据えている。新平は、咄嗟《とっさ》に顔を逸らしてしまった。からかうのもいい加減にして欲しい、その手には乗らないと、心の中で声がした。

「何よ、新ちゃんには、そのつもりはなかったっていうの? 私、分かってたのよ。新ちゃんて、小さい頃から――」

「やめろよっ」

言うが早いか、新平は店に向かって歩き始めていた。噂になっているという。それなら、久仁子の耳に入っていないはずがない。どんな思いで、女房はそんな噂を聞いたのだろうか。

――どうしたら、いいんだ。

頭に血が上って、かっかとしていた。もう、静恵に会うのは危険かも知れない。彼女はこの町になど、帰ってくるべきではなかったのではないか。思い出は思い出のままで、記憶の奥底に沈んでいるべきだったのではないか。歩きながら、そう思えてならなかった。

5

久仁子は二人目も男の子を産んだ。家の中はますます賑《にぎ》やかさを増し、久仁子の張りのある声が朝早くから響きわたるようになった。よその家の子どもは成長が早いというが、新平の目から見れば、我が子でも成長は早いものだ。瞬《また》く間に言葉を覚え、ちょこまかと動き回るようになったかと思うと、上の子は、もう幼稚園の心配をするようになった。

「ねえねえ、久仁子さん、新ちゃんを借りていい？　大工さんのことでね、私じゃあ、ちょっと分からなくて」

静恵は相変わらず店に現れた。ただ、以前と違うところは、新平を呼び出す際に必ず久仁子にも用件を伝えるようになったところだ。夏も盛りを過ぎた頃、彼女は、酷暑の今年は貴重品と言われたスイカを提げてやってきた。

「どうぞ、ごゆっくり。私の手が回らないもんで拗《す》ねてるんですから、相手をしてやってくださいな」

「私だって、遊び相手になってる余裕なんか、ありゃしないのよ。とにかく、もう目が回りそう」

「あらまあ。じゃあ、せいぜい使ってやってくださいね」

育児に追われる日々の中で、久仁子はますます逞《たくま》しさを増しているようだった。まだ三十路《みそじ》を迎えてもいないのに、新平の目から見ると、彼女は堂々と静恵と渡り合っているようにも見える。

「よかった。奥方様のお許しが出たわ」

静恵は嬉しそうに笑いながら、新平の仕事が一段落つくのを待っている。新平は、微妙なバランスの上に立っている弥次郎兵衛《やじろべえ》のような気分で、そそくさと仕事場から立つ。

「仕事がたまってるんだから、ほどほどにね」

背後から久仁子の声が響いた。新平は、手だけを振って合図を送ると、足早に歩き始めた。背中に「ばいばーい」と、子どもの声がかぶさってきた。

「今日は、本当に大工の用なんだろうね」

静恵と連れだって店から出ると、新平はそっとあたりの気配をうかがいながら小声で話しかけた。静恵はくすりと笑いながら「本当よ」と頷いた。

「でも、他の用だって、いいのよ」

「よせよ。あれっきりにしようって、約束したじゃないか」

ちらりと横を見れば、静恵はいかにも意味ありげな表情で笑っている。残暑の厳しい陽射《ひざ》しのせいばかりとは思えない程に、新平は頭がぐらぐらとするのを感じた。

「意気地なしねえ」

「そうさ。俺は、意気地なしだよ、昔から」

我ながら魔がさしたとしか思えないのだが、ついこの間、新平はいつもと同じように静恵から呼び出されて開店前の彼女の店に誘われ、酒を勧められた挙げ句に、関係を結んでしまっていた。昼間の酒は酔いの回りも早く、その勢いに任せて、子ども時代のことなどをあれこれと話しているうちに、いつの間にか、つい、そういうことになったのだ。それを、新平は心から後悔していた。あの瞬間、思い出が音を立てて崩れ、薄汚れたと感じていた。

「今日は真面目《まじめ》にいくわ。隣の家主がね、少しくらいなら値段は相談に応じるって言い出したの。もうひと頑張りっていうところなのよ。後は、なるべく安い工務店を探すことなんだけど、女と見ると必ず足元を見てくるでしょう？　新ちゃんに、傍にいてもらえれば、それだけで心強いのよ」

　彼女の経営の才覚は、相当なもののようだった。『お静』は、とんとん拍子で業績を伸ばし、ほんの三年程の間に、ついに隣の建物を買い取って店を拡張しようというところまできていた。

「旦那《だんな》に行ってもらえば、いいじゃないか」

「あの人には内緒だって、言ったでしょう？　何とか手を切りたいから、自分の力でやりたいんじゃないの」

「だったら、明くんがいるだろう。自慢の板さんがさ」

「何よ。少しくらい手伝ってくれたって、いいじゃないの。それに、あの子はね、駄目。そういうところは、頼りになんか、なりゃしないわ」

　静恵は澄ました顔で言い放つ。新平は、真綿で首を絞められているような重苦しい圧迫感の中で、結局は静恵に従うより他になかった。心が、徐々に蝕《むしば》まれ、そして荒《すさ》んでいくような気がしてならない。それでも彼女から離れられないのは、何故《なぜ》だろうかと思う。自分は、家庭を一番に考える男のつもりだった。その気持ちに嘘《うそ》はない。それなのに、静恵に言い寄られると、泣き虫で虐《いじ》められっ子だった子どもの頃と同じように、まるで逆らえなくなるのだ。

「今度はね、店の名前も変えるつもりよ」

「――何に」

「字だけよ。今のままだと場末の居酒屋みたいで、ちょっと安っぽいでしょう」

そして、静恵は店を拡張した暁には、『おし津』という屋号に変えるつもりであると言った。

「ねえ、そうしたら、また提灯《ちょうちん》を贈ってくれる?」

無気力なまま、彼女に引きずられるように歩いていた新平は「ああ」と気のない返事をしただけだった。提灯を要求される程度で済んでいるだけ、もうけものだ。下手をすれば、女房子どもを捨てろとさえ言われかねない。そんな不気味さが、静恵にはあった。このまま彼女と関わっていたら、どんなことになるか分からないと思う。どこまでも、引きずり込まれたい気持ちがないわけではなかった。静恵という女に溺れてみたい。だが、その一方では「まさか」という気持ちもある。第一、自分を信じきって、毎日、店の仕事を手伝いながら、新平と二人の子どもの世話に追われている久仁子を裏切るわけにはいかなかった。何よりも静恵が、果たしてどこからが真剣で、どこまでが冗談なのか、まるで得体が知れないときている。彼女はただ単に、ついに彼女には無縁だった、平凡で平和な家庭に波風を立てたいという、そんな程度にしか考えていないのかも知れないとも思われることも無論、少なくなかった。

「へえ、隣の土地も？　ずいぶん具体的になってきたのねえ」

日中は育児に追われながら、夜になって火袋を伸ばす手伝いをする日々を送っている久仁子は、静恵が隣の買収に成功したという話を聞かせると、自分のことを棚に上げて「すごい、逞しい人！」と感心したような声を上げた。新平は、店が新しくなったら、屋号の文字が変わるらしいこと、また、開店祝いに提灯を贈る約束をしたことを話して聞かせた。

「じゃあ、私、火袋を張ろうかな。夫婦合作っていうことになるじゃない、ね？　あなたが字を書いて、後の部分は私がやるっていうの、どう？」

久仁子は、さも素晴らしいことを考えついたかのように張り切った表情を見せた。新平は、そこまですることもないだろうと言ったのだが、逆に久仁子に叱《しか》られる始末だった。

「何、言ってるのよ。あなたの大切な幼なじみでしょう？　噂は色々あったって、女手一つで、こんな短い間に店を拡張するなんて、並大抵のことじゃないのよ」

「——おまえが、そう思うんなら」

「思うに決まってるじゃない。しっかりしてよ、あなたの姉貴分でしょう？」

見据えられて、毅然《きぜん》と言われると、新平は何を言い返すことも出来なかった。ただ、女房が哀れに思われてならなかった。

翌朝、新平が一日に使う分の墨をすっていると、久仁子は本当に火袋を張る準備を始めた。

「何も、今から作らなくたって」

親父《おやじ》の代から使い込んでいる擂《す》り鉢に、墨の欠片《かけら》と水を入れてしゃもじでかき混ぜながら、新平は鼻歌混じりに油と糊《のり》を用意する女房を見上げていた。

「暇があるうちに作っておかなきゃ」

提灯の火袋作りは、まず八枚の木型に、ロウに植物油を入れて煮詰めたものを塗るところから始まる。そうすることによって、最後に出来上がった火袋から型を外すときに、和紙からはがれやすくなる。油を塗った型の上下をゴマと呼ばれる留め具で放射線状に固定した上で、まず口輪をはめ、刻まれている目に骨をかけて、巻きつけていくのだ。

「慣れたもんだな」

提灯が丸くなるように、一定の力で、くるくると骨を巻く久仁子を眺めて、新平は感心した声を出した。彼女はにっこりと笑いながら「当たり前よ」と答えた。

「提灯屋の女房ですからね」

——そうなんだよな。俺は提灯屋で、こいつは提灯屋の女房なんだ。他の女じゃあ、こうはいかないんだよな。

そう考えると、切ないような気持ちにさえなってくる。新平は、一時間ほどかけて墨をすり終え、自分の仕事にとりかかった。

火袋作りは、骨が型に巻けたら、次に布海苔《ふのり》を煮詰めた糊で、一間置きに和紙を張っていく作業に移る。なじみを良くするために予《あらかじ》め湿らせた和紙を、なで刷毛《はけ》を使いながら張る。骨の力が強くかかる部分は、その分、紙もはがれやすくなるから丁寧に糊をつけ、紙にも余裕を持たせる。細い骨と薄い紙を使う作業は、実にデリケートなものだ。普段は粗忽《そこつ》に見える久仁子が、真剣な表情で火袋を作るところは、なかなかの見物《みもの》だった。

「さて、これで、いつでも大丈夫ね。早く、開店になると、いいわねえ」

紙が完全に乾いたところで、型を外せば火袋の完成だった。出来上がった火袋を、久仁子は満足そうに眺め、やがて、慌《あわ》ただしく子どもたちの世話に戻った。

——どこまで、人が好《い》いんだか。

新平は、鼻歌混じりに洗濯物を抱えて家中を歩き回り、子どもを追いかける久仁子の大声を聞きながら、切ないほどに満ち足りた気持ちになっていた。これ以上、何を求めることがあるだろうと思う。

「こんにちは、新ちゃん、います？」

ところが、店に静恵の声がすると、新平の気持ちは、途端に揺らいだ。どうしようもなく、引きずられてしまうのだ。このままでは、ろくなことにならないと分かっていながら、静恵の前では幼い日の新平に戻ってしまう。

「ちょっと相談に乗って欲しいのよ。内装のことなんだけどね。久仁子さん、ちょっと借りるわね」

静恵は、いつもと変わらない美しさで新平の前に現れた。新平は、久仁子の「いってらっしゃい」という元気の良い声に背中を押されながら、ずるずると静恵に従った。まるで、自分自身が二つに裂けてしまいそうな気分だった。そして、最初の店が開店したのと同じ、冬の初めの頃、『お静』改め『おし津』の開店の日が近づいた。

「蠟燭《ろうそく》、立ててあるの。一度くらいは提灯らしく、火を入れてみてくださいって、あなたから言ってね」

開店の日は、午後から木枯らしの吹く肌寒い日になった。小さな子どもを抱えているから、自分は留守番をしていると、夕方になって久仁子は残念そうに言った。そして、火袋を伸ばしたままの提灯を差し出す。子育てと雑用に追われ、なかなか時間が見つけられずにいた久仁子は、ついさっき、ようやく『おし津』のための提灯を組み立てたところだった。

「このまま、持っていくのか」

畳んで持っていけば身軽なものを、ぶらぶらと提げていくのには、いくら新平でも抵抗がある。だが、久仁子はくすくすと笑いながら、「提灯屋が恥ずかしがること、ないじゃない」と言った。そう言われれば、抵抗する理由もない。新平は、出来上がったばかりの提灯を提げて、すっかり陽も落ちた路地を、歩いて十分ほどの『おし津』に向かって歩き出した。本当は、あまり気乗りがしないのだ。広くなったのはもちろんのこと、内装も豪華になり、二階には広い座敷も用意されて、『おし津』は、この界隈《かいわい》でも五本の指に数えられる規模の料亭になっているはずだった。そして静恵は、押しも押されもせぬその料亭の女将《おかみ》になったのだ。

「久仁子がさ、一度くらい火を入れてくださいって」

途中で約束をしていた友人と合流し、そのまま店に着くと、新平はぶら提げてきた提灯を掲げて見せた。

「あら、そう。だったら新ちゃん、あんたさ、火を入れてちょうだいな。専門家なんだから」

大勢の店員と招待客の前で、新平は、まるで小僧のように軽く扱われているのを感じた。数年前、『お静』が開店したときのような喜び方もしない静恵に、だが、新平は内心で微《かす》かな反発を抱くのがやっとだった。どうせ、自分などそんな程度なのだと、諦《あきら》めの方が先に立つ。新しく雇われたらしい店員から踏み台を借り、提灯に据えつけられている蠟燭に火を灯《とも》した上で軒に吊《つる》すと、師走《しわす》に向かう風に吹かれて、提灯は柔らかい光を放ちながら、ゆらゆらと揺れた。黄色い蠟燭の炎が、和紙を通してぼんやりと、頼りなく見えた。

『おし津』が炎に包まれたのは、それから三十分とたたない頃だった。提灯から出た火は、折からの木枯らしに吹かれて瞬《またた》く間に燃え広がり、宴が始まったばかりの『おし津』を、あっという間に呑み込んだ。

「消して！　消して！　私の店なのよっ、出来たばっかりなのよ！」

激しい炎に包まれながら、静恵の絶叫が響いた。煙にまかれながら、必死で逃げ出した新平の耳には、ごうっという炎の音と共に、静恵の悲鳴が残った。

「あらららら。燃えちゃったの」

煤《すす》だらけのまま、夜更《よふ》けになって、ようやく家にたどり着くと、当然のことながらサイレンを聞いていたはずの久仁子は、涼しい顔で「遅かったのね」と迎えに出た。

「うちの、うちの提灯から火が出たんだ」

新平は恐怖のあまり、まだ全身を震わせていた。頭が混乱している。炎の色、煤の臭《にお》い、静恵の絶叫、何もかもが新平の五感のすべてを恐怖に陥《おとしい》れていた。

「しいちゃん、大火傷《やけど》だ。早く逃げれば良かったのに、最後まで残ってて――今夜あたりが、峠だろうって。せっかくの、せっかくの開店の日だっていうのに、うちの、うちの提灯から――」

「やっぱり、針皿がないと、倒れるんだ。まさかなあとは、思ったんだけど」

久仁子が、ぽつりと呟《つぶや》いた。新平は、女房の言葉の意味が分からなくて、震えながら彼女を見つめた。

「――おまえ」

ぐっすり眠っている下の子を抱いたまま、久仁子はほんのりと微笑《ほほえ》んでいた。

解説

連城三紀彦

夜。

街灯もまばらな住宅地などを歩いていて、ふっと花の香りが鼻をかすめ足をとめることがある。

ふり返り、その正体をさぐってみる。

おやもうそんな季節かと思いながら、通り過ぎたあたりに視線の焦点を絞ってみる。闇《やみ》に邪魔されて、ぼんやりとしか正体は見えないのだが、正体が見えないだけに、香りというか匂《にお》いはかえって濃密に鼻にからんでくる……だけでなく、闇のそのあたりがかすかに色づき、夜の静寂がそこだけかすかに壊れて息遣いのような音をたて、さらに匂いは何か影の手のようなものとなってすっと体を触ってくるような気もするのである。

目が利《き》かなくなると、想像力がその正体を見ようとする。

結局、夜中に他人の家の庭をうかがうのが気が引けて立ち去るのだが、かすかな匂いがどんどん濃密になって、大げさではなくいつまでも後ろ髪の引かれる思いがすることもあって、何度かふり返ったりする……。

さて。

わかっていただけると思うが、この短篇集の解説はもう始まっていて、以上がそのまま、僕の読後感である。

多くの読者は、僕とおなじように、一篇を読み終えて、はっと一つの匂いを嗅《か》ぎとり、思わず立ち止まってしまうだろう。通り過ぎた物語をふり返り、行間の空白にその正体を探ろうとするだろう。そして、正体がよくつかめないまま気もちをつかみとられ、記憶の中にその匂いをいつまでも、色濃く、残すことになるだろう。

匂いとはもちろん、『事件』の匂いだ。

それにしても何と見事な、ミステリー短篇集であろうか。

すぐれた小説というのは、五官をすべて使って書かれていて、人物や背景、小道具の色や形だけでなく、言葉では表現しにくい匂いや音、触感、舌ざわりといったものを的確に読者に伝える力をもっている。

しかも色とか匂い、肌ざわりとかいったものはいくらたくさんの言葉を駆使して説明しても、うまく伝わるものではなく、逆に省略をきかせ、相手の想像力に訴えた方がより強く伝わったりするものだ……そう思う。

時々「文章の書き方」について質問を受けるが、そのたびに困り果てながら、「五官をよく働かせること」と「大事なのはいかに書くかより、いかに書かないか」と答えることにしている。「小説の書き方」も同じではないだろうか……心がけてはいても、自分がどれだけそれを実践できているかとなると大きく首を傾《かし》げる他ないのであるが、この二点は多くの小説家の理想であろう。今度本作を読んで、六つの短篇がどれも、この理想に挑戦し、見事、勝利をおさめていることに何より感嘆した。

と言うのも、この短篇集は日本の、つまり〝和〟のテイストをもった伝統工芸品をテーマにした連作と言ってよく、（『氷雨《ひさめ》心中』の酒も、日本の伝統、手作りの芸術品と言っていい）線香、着物の染め、金細工、能面、提灯《ちょうちん》といったように、匂いや色彩、触感、味といったものが鼻をかすめ、目を突き刺し、こちらの五感に訴えかけてくる……つかみとってくる。

そしてそれ以上に書かないという点で、この短篇集は何よりもの凄《すご》く、犯罪事件を扱ったミステリーでありながら、犯罪事件は何も書かれていない。書かないことで、語らないことで、逆に物語を語りきるという離れ業をやってのけている。

六篇の中でもとりわけ、その離れ業の完成度が高い『青い手』を例にとってみよう。自分が生まれる前に父親が蒸発した一人の少年が、母親に手をひかれてその実家に移り住むことになる。実家は『お香』づくりの伝統職人であり、祖父を中心に一家は黙々とお香を作りあげていく。お香の材料はみんなの手に青くしみこんでいて、この手のことで、少年は同級生にいじめられる……この醜悪な風貌《ふうぼう》と臭気をもった悪ガキとの関係が語られ、初恋の相手も登場してちょっとした三角関係も描かれるが、結局同級生がどうなったか、何も説明されないまま、十年後になり、成人した主人公が、初恋相手と結婚し、家業をついで、香を練り続ける様が説明されて終わる……。

書かれている物語の字面だけを読めば、いささか舌足らずな少年の成長物語だが、最後のページになって、これまで行間にかすかに漂いつづけてきたお香の匂いが突如事件の匂いとして強烈に鼻につき、今まで舌足らず気味に省略され、書かれずに終わった空白部分に、実に能弁に『事件』が書きこまれる。

最初に書いた夜道で通り過ぎた後に出遭う花の匂いを思いだし……奇術師の手の中で、突如真っ白になってしまうカードを連想し、もう一つ、心理テストに使われる有名な『ルビンの盃《さかずき》』という絵を思い浮かべた。

白い部分に目をとめれば盃の形だが、目を転じるとこれまでただの空白にしか見えなかったものが、向かいあった二人の横顔だとわかってくる……という一種のだまし絵である。この小説では、ちょうどこれに似た反転が起こって、これまでただの空白にしか見えなかった行間やページの余白に、『事件』が炙《あぶ》りだされる。絵ではともかく、この反転は小説では至難の業だが、この至難を作者は巧みな語り口で難なくやり遂げている。

ちょっとした日常の光景を淡々と描きながら、日常とは不調和な匂いを、色を、音を、肌ざわりを、事件の気配としてかすかに行間にしみつかせていく……着物の柄としては奇抜すぎる物に自分の恋心を告白させて、男に逢《あ》いに行く女、義歯を作る際に出る金のくず、酒が発酵する際に立てる雨音に似た音……これらが、ラストで濃厚な匂いとなり、残忍な事件が空白の中に正体を隠したまま、その存在を匂いで読者に知らしめるのだ。

しかも事件は一つだけではない。

『青い手』では、ラストで一つの事件が気配として立ち上ると同時に、それがもう一つ、過去の事件を誘導して匂い立たせる……『鈍色《にびいろ》の春』では、事件は一つしか起こらないが、被害者だけでなく犯人も実は二人いて、それぞれの殺意がラストの着物の図柄に重なり合って浮かびあがってくる……『氷雨心中』では現在形で起こる事件がオカルト的に過去の事件とつながり、『こころとかして』のラストでも、余白にもう一つの事件が書きこまれ、その書かれずに終わる事件の方が、読む者の想像力を刺激して怖かったりする。

二つの事件は共鳴しあい、繊細にふるえあうことで、ページの空白に、ちょうど蜃《しん》気《き》楼《ろう》か何かのように実体のないまま奇妙なほどなまなましく浮かびあがるのである……。

さらにこの短篇集では、一篇が他の一篇と共鳴しあってもいて、それぞれが音楽で言えば、主題とその変奏曲といった趣をもち、長篇の一章一章のような有機的なつながりも感じさせる。

ほんの一例になるが、たとえば『泥眼《でいがん》』の後に『おし津提灯』を読むと、ラストで一人の女が見せる微笑に、『泥眼』の面が激しい火であぶりだされる……。

さて。

いかに書かないかが重要だと書きながら、くどくどと書きすぎて、この小説の多様で奥深い味わいを、多少とも解説できたか心配になっているのだが、最後にこれだけは書いておきたいことがある。

読者の多くは読み終えて、『青い手』という一見平凡な題名が、実に素晴らしいことに気づかれると思う。

少年や家族についての詳しい顔の描写がないぶん、手にだけ照明があたって、普通ではない色をした手は恐ろしいほど生々しい存在感をもっている。ただの色というより暗影であり、この色が外部から手にしみこんだというより、主人公や家族の内なる暗部から手にしみだしたような印象がある。

そして、『手』は、まちがいなく六篇の物語と事件をつなぐ一番の主題なのである。

主人公はほぼ皆、伝統を頑固に、執拗《しつよう》に守りぬく職人であり、その手が線香を、染物を、義歯を、提灯を作りだす様が、それこそ作者の熟練工のような手慣れた手で緻《ち》密《みつ》に表現され……しかし、もちろんそれだけではない。手はまた、男が女を、女が男をつかみとろうとして必死にさしのべる愛の手でもあり、男女の情と愛が金粉のくずを集める繊細な指使いと筆遣いで工芸品が作りあげられていくように淡々と、だが執拗に語られていく。

愛というより愛欲……愛欲というより業《ごう》。男女を問わず、人の生に黒く、暗くしがみついているもの。

手のしみとなったお香、泥沼のような酒蔵のタンク、氷雨の音、奇妙な違和感をもつ着物の柄としての野球のバットとグローブ、いささかグロテスクな金の義歯モデル。すべてが業の色であり匂いである。

読んでいて、人はみんな職人であり、人生とはそんな職人がこつこつと執念深く作りあげていく工芸品なのかもしれないとも考えた。

『青い手』にあるように、香水や香料、お香といった洗練された芳香というものは実は、麝香《じゃこう》などの汚れた醜悪なものから抽出されるというが、作者の老練（と言いたい）な手腕は、血なまぐさい事件や残忍な犯罪から、人の暗部にひそむ普遍的な真実を抽出して、香気を放つまでの見事な工芸品に仕立てあげている。

ミステリー史に残る逸品ぞろいの短篇集である。

（二〇〇四年四月、作家）

この作品は平成十一年十一月幻冬舎文庫におさめられた。

新潮文庫最新刊

天童荒太著
まだ遠い光
家族狩り 第五部
刑事、元教師、少女——。悲劇が結びつけた人びとは、奔流の中で自らの生に目覚めてゆく。永遠に光芒を放ち続ける傑作。遂に完結。

乃南アサ著
氷雨心中
能面、線香、染物——静かに技を磨く職人たち。が、孤独な世界ゆえに人々の愛憎も肥大する。怨念や殺意を織り込んだ6つの物語。

宮本輝著
血の騒ぎを聴け
紀行、作家論、そして自らの作品の創作秘話まで、デビュー当時から二十年間書き継がれた、宮本文学を俯瞰する傑作エッセー集。

志水辰夫著
飢えて狼
牙を剝き、襲い掛かる「国家」。日本有数の登山家だった渋谷の孤独な闘いが始まった。小説の醍醐味、そのすべてがここにある。

花村萬月著
♂(オスメス)♀
青い左眼をした沙奈を抱いたあと、新宿にふらり出た。歌舞伎町の風俗店で私が出会った二人の女は——。鬼才がエロスの極限を描く。

藤堂志津子著
アカシア香る
この想いだけは捨てられない——。人生の表舞台から一度は身を引いた女性に訪れる、愛の転機。北の大地に咲き香る運命のドラマ。

氷《ひ》雨《さめ》心《しん》中《じゆう》

新潮文庫　の-9-26

平成十六年六月一日 発行

著者 乃《の》南《なみ》アサ

発行者 佐藤隆信

発行所 株式会社 新潮社

郵便番号 一六二―八七一一
東京都新宿区矢来町七一
電話 編集部(〇三)三二六六―五四四〇
読者係(〇三)三二六六―五一一一
http://www.shinchosha.co.jp

価格はカバーに表示してあります。

乱丁・落丁本は、ご面倒ですが小社読者係宛ご送付ください。送料小社負担にてお取替えいたします。

印刷・錦明印刷株式会社　製本・錦明印刷株式会社

ISBN4-10-142536-1 C0193